오늘 밤,
세계에서

이 눈물이
사라진다 해도

KONYA, SEKAI KARA KONO NAMIDA GA KIETEMO

© Misaki Ichijo 2022

First published in Japan in 2022 by KADOKAWA CORPORATION, Tokyo.
Korean translation rights arranged with KADOKAWA CORPORATION, Tokyo
through Danny Hong Agency.

오늘 밤,
세계에서

이 눈물이
사라진다 해도

이치조 미사키 지음 — 김윤경 옮김

차
례

* * *

　"와타야 선배는 절절한 사랑 같은 건 안 해봤을 것 같아요."

　5월이 다 끝나갈 무렵, 후배 남자애가 해맑은 표정으로 이렇게 말했다.

　햇살이 간질이듯 여름을 알리고, 대학교 도서관 뒤편은 해가 들지 않아 선뜩하니 약간 쌀쌀했다.

　나루세라는 성을 가진 그 애는 한 학년 아래 후배로 지난달에 처음 만났다.

　신기하게도 그는 나를 잘 따랐다. 하지만 이제 막 자유의 맛을 본 대학 새내기답게 제 딴에는 잘해보려고 한 일이 어설퍼 보일 때가 있다. 지금도 대화를 나누다 분위기에 휩쓸려 무심코 내뱉은 말에 스스로 당황해하고 있다.

　절절한 사랑이라니 나와는 어울리지 않는다.

　그 애는 좋은 의미로 솔직하다. 나는 짧은 헤어스타일에 차가운 인상이다. 성격도 털털한 편이라 주위에서 나를 '절절한 사랑과는 거리가 먼' 이미지로 보는 건 조금도 이상하지 않다.

　내가 생각해도 나는 그런 이미지니까. 애초에 절절한 사랑이 뭐냐. 말부터 고리타분하고 정의도 애매하다. 우리 나이에 그런 사랑을 경험한 사람이 얼마나 될까.

다만…….

"네가 모를 뿐이야."

실연도 사랑이라 할 수 있다면 나는 고등학교 시절에 깊고 아픈 사랑을 한 적이 있다.

그 사실은 아무도 모른다. 내 가슴속에만 은밀하게 가라앉아 있다. 상대도 내가 자신을 짝사랑한다는 사실을 몰랐다.

나 혼자만 아는 실연이고 사랑이다.

옛 기억을 떠올리다가 시간을 확인했다. 강의실로 가야 할 때가 되어 나는 "그럼 또 봐"라고 말하고는 그 자리를 떠났다.

내 대답이 뜻밖이었던 걸까. 후배의 눈이 약간 커졌다.

그로부터 약 2주 뒤의 일이었다. 학교 도서관에서 그 후배에게 고백을 받은 건.

"선배를……, 좋아해요."

조금 놀랐지만 대답은 정해져 있었다. 나는 누구와도 사귈 마음이 없다.

지금도, 이전에도 내가 좋아하는 사람은 이 세상에 오직 한 명뿐이다.

그는 나처럼 특이한 애였다. 취미도 나와 같았다. 자신을 잊고 누군가를 사랑하는 일 같은 게 가능할 리 없다고 생각하던 아이 였다.

하지만 그렇지 않았다.

사랑이 사람을 변화시키는 모습을, 나는 누구보다도 가까이서 지켜보았다.

그 애가 달라져 가는 모습을 보며 왠지 나만 제자리에 남겨진 것 같은 기분이 들기도 했다.

내게는 아무것도 시작되지 않는다고, 나는 아무것도 시작할 수 없다고.

"사귀어도 되지만 조건이 있어."

차분한 목소리가 고요한 도서관 한구석을 조용히 울렸다.

"날 정말로 좋아하지 말 것. 지킬 수 있어?"

고백한 후배가 놀란 표정을 지었다.

하지만 정말로 놀란 건 나다.

나 자신도 믿을 수 없었다. 왜 그런 대답을 하고 말았을까.

눈앞에 있는 이 후배가 그 애와 조금 닮았기 때문일까.

어쩌면 나도 연애를 하면서 나 자신을 잊고 변하고 싶었기 때문일까.

아니면 그 애를, 나는…….

어쨌든 지금이라면 아직 모든 걸 농담으로 돌릴 수 있다. 시작
되기 전에 끝낼 수 있다.

하지만 눈앞의 이 후배는 한순간 망설임을 내비치더니 또렷
하게 대답했다.

"네"라고.

1장

이별하는 방법을 알려줘

1

처음부터 끝이 보이는 사랑이었다.

이야기는 내가 고등학교 2학년 때로 거슬러 올라간다.

나는 인생에서 처음으로 사랑을 했다. 상대는 같은 학년 남학생이었다.

그뿐이라면 아무 문제 없다.

사람은 반드시, 어떻게든 누군가를 좋아하게 되어 있으니까. 사람이 있는 곳이라면 어디든 사랑이 생겨난다. 슬픈 일도 부자연스러운 일도 아니다.

다만 내 경우는 약간 상황이 달랐다.

내가 좋아한 상대는 '친구의 연인'이었다.

그 애 이름은 가미야 도루.

키가 큰 편에 아주 미남은 아니다. 피부가 하얗고 호리호리한 체격에 혼자 있는 데 익숙했고 때때로 슬픈 듯이 웃었다.

어릴 때 어머니가 돌아가시고 소설가를 지망하는 아버지와 단둘이 공영 아파트에서 살았다.

사정은 다르지만 나와 마찬가지로 한부모 가정에서 자라며 아마도 많은 걸 체념하고 받아들였을 것이다.

도루와는 고등학교에서 처음 알게 되었다.

그렇다고 한 반이 된 적은 없다. 도루는 가정 사정으로 대학 진학을 포기하고 고등학교를 졸업하면 공무원이 되겠다고 결정했다.

그런 상황이어서 특별반이던 나나 내 친구와는 접점이 없었다. 없는 게 당연했다.

하지만 2학년이 된 지 얼마 지나지 않은 5월의 끝자락에 도루가 내 절친인 히노 마오리에게 고백했다.

나, 와타야 이즈미.

누군지 알지 못했던 동급생 가미야 도루.

나와 가장 친한 친구 히노 마오리.

도루가 마오리에게 고백하지 않았더라면 우리 셋이 함

께할 일은 없었다. 도루와는 영원히 타인이었다. 인생에서 그저 스쳐 지나가는 사람이었다.

하지만 우리는 만났다. 제각각 특별한 사정을 끌어안고.

"저기, 잠깐 얘기 좀 할래? 할 말이 있어."

지금도 어제 일처럼 떠올릴 수 있다. 방과 후 나와 마오리가 복도에서 이야기하고 있을 때였다. 느닷없이 도루가 나타나더니 마오리에게 말을 걸었다.

돌이켜 생각하니……, 아련히 슬픔이 밀려온다.

도루는 처음부터 내 친구인 마오리만을 바라보았다. 당연하다. 도루는 내가 아니라 마오리에게 용건이 있었으니까.

나는 단지 조연이었고, 마오리의 친구 혹은 그저 여학생 A였다.

그런 등장인물의 사랑이 어떻게 될지는 굳이 설명하지 않아도 안다.

단지 여학생 A가 주인공을 사랑하게 된 것이다.

이루어질 리가 없다. 연애물을 그다지 좋아하지 않거니와, 결론이 정해진 사랑 이야기라면 어차피 들러리밖에 되지 못하겠지.

하기야 처음부터 도루를 좋아했던 건 아니다. 그때 내

가 도루에게 느낀 감정은 사랑과는 거리가 멀었다.

도루가 마오리를 불러낸 그날, 말을 걸면서도 뭔가 선뜻 내키지 않는 듯한 표정이었다. 인간으로서 심지는 있어 보였지만 아무래도 수상쩍었다.

도루는 마오리를 데리고 학교 건물 뒤편으로 향했다.

나는 마오리와 나중에 도서실 앞에서 만나기로 했다. 몰래 따라가 상황을 지켜볼까 고민했지만 친구 사이에도 최소한의 예의는 있다. 걱정스러운 마음으로 마오리를 기다렸다.

"그 애랑 사귀기로 했어."

마오리가 약속 장소에 와서는 이렇게 말했다. 나는 몹시 놀랐다.

마오리는 꾸밈없는 성격과 단정한 외모로 인기가 많았다. 남학생에게 잘 보이려고 아양을 떠는 성격이 아니라 여학생들도 좋아했다. 그렇게 누구에게나 사랑받는 아이였음에도 그전에는 남학생들에게 고백을 받아도 전부 거절했다. 그런데 이때만큼은 달랐던 것이다.

"아니, 왜?"

"고백하더라고. 그래서 사귀어볼까 하고."

"무슨 말인지 모르겠어. 이름이 뭐랬더라, 가미야? 참고로 개한테 **기억** 이야기는 했고?"

"안 가르쳐줬고 가르쳐줄 생각도 없어. 하지만 이런 상
태라도 뭔가 새로운 게 가능할지 모른다고 생각했더니 한
번 해보고 싶어져서."

기억.

마오리가 정상적인 상태라면 나도 조금은 침착했을 것
이다.

하지만 침착할 수 없는 사정이 있었다. 마오리에게는
학교 친구 중에는 나밖에 모르는 한 가지 비밀이 있었기
때문이다.

마오리는 기억장애를 겪고 있었다. 선행성 기억상실증
이라는 이름의 특수한 기억장애다.

일상생활에 큰 지장은 없지만, 고등학교 2학년 골든위
크 때 사고를 당한 이후로 전날 일을 기억하지 못하게 되
었다.

잠이 들어 뇌가 기억을 정리하기 시작하면 그날 하루의
기억이 축적되지 않은 채 지워진다.

그런 마오리가 지금까지 누군지도 몰랐던 도루에게 느
닷없이 고백을 받고 사귀기로 했다는 것이다.

나중에 안 일이지만 마오리는 도루와 사귀기로 할 때

조건을 걸었다.

첫째, 학교 끝날 때까지 서로 말 걸지 말 것.

둘째, 연락은 되도록 짧게 할 것.

그리고 마지막 셋째……. 날 정말로 좋아하지 말 것.

2

아무리 엉뚱한 짓이나 실수를 많이 하는 나라도, 와타 야 선배와 어울리지 않는다는 것쯤은 잘 알고 있다.

나는 이렇다 할 특징이 없다.

외모도 그렇고 성격도 그렇다.

예전에 이런 모습으로 괜찮은 걸까, 고민하다가 뭔가 장점이 없는지 골똘히 생각해보았지만 "나루세는 절대 남 의 험담을 하지 않는 아이입니다"라는, 초등학교 생활통지 표에 쓰여 있던 장점밖에 찾아내지 못했다.

내게는 내세울 만한 개성이 없다.

국립대학교에 들어가려고 공부만큼은 열심히 했지만 그거야 같은 대학에 들어온 학생이라면 누구나 다 해온 일 이다.

그래서 늘 생각한다. 내게는 나만의 무기가 없다고.

그런 내가 인생에서 처음으로 한눈에 반한 사람을 만났다.

상대는 같은 대학교의 한 학년 위 선배였다. 이름은 와타야 이즈미.

처음 만난 날을 선명히 기억한다. 어쩌면 평생 잊지 못할지 모른다.

대학에 입학한 지 얼마 되지 않은 4월이었다. 뿌옇게 흐린 봄 하늘 아래 학교 캠퍼스에서 나는 같은 고향 출신인 선배와 이야기를 나누고 있었다.

그 남자 선배와는 같은 중·고등학교를 다녔고, 중학교 때는 같은 동아리에 속해 있었다. 후배를 살뜰히 챙겨주는 선배인데 내가 자신과 같은 대학에 들어가자 무척 반가워했다.

"1학년에 예쁜 여학생 있으면 소개해줄 거지?"

······좋은 의미로 굉장히 소탈하고 정감 가는 사람이다.

그 선배와 이야기하고 있는데 등을 꼿꼿이 세운 여성이 우리 옆을 지나갔다.

"여어, 와타야!"

선배가 이름을 부르자 여성이 발길을 멈췄다.

서글서글한 눈매를 한 아름다운 사람이 짧고 검은 머리칼을 찰랑거리며 얼굴을 돌렸다.

그 사람이 와타야 선배였다.

선배끼리 뭔가 이야기를 주고받더니 잠시 후 와타야 선배가 손을 들어 인사하고는 그 자리를 떠나려 했다.

그저 내가 보고 있었기 때문이겠지만 와타야 선배가 나를 알아차리고는 내게로 시선을 옮겼다.

눈과 눈이 마주친 순간을 생생하게 기억한다. 도도하고 쓸쓸한 느낌이 났다.

그녀의 깊은 눈 속에는 맑고 차가운, 타인의 이해를 거부하는 듯한 쓸쓸한 무언가가 있었다.

왠지 그렇게 느껴졌다.

하지만 와타야 선배는 나와 눈이 마주친 순간 같은 건 기억하지 못할 것이다. 바로 등을 돌리고 가버렸다. 그녀만이 어딘가로 사라졌다.

내가 넋이 나간 듯 바라보고 있자 고향 선배가 걱정스럽게 물었다.

"야, 나루세, 괜찮아?"

"어, 아……, 네."

와타야 선배가 너무 예뻤던 까닭도 물론 있다. 하지만

나는 그녀에게서 아름다움 외의 무언가를 보았다. 그 무언가에 한순간에 마음을 빼앗겼다.

"저, 지금 그분……."

고향 선배에게 이름을 물어보았다. 같은 학과라는 사실도 알게 되었다.

"혹시 너, 와타야에게 관심 있냐?"

이렇게 묻더니 선배는 왠지 즐거운 듯한 표정을 지었다.

"아니……, 뭐, 그."

"그렇담 내게 맡겨."

대체 뭘 맡기라는 건지 그때는 이해하지 못했다. 그저 네, 하고 모호하게 웃었다.

그로부터 약 일주일 뒤 그 고향 선배가 술자리에 나를 불러냈다.

뭐든지 다 경험이겠다 싶어 참석했는데 선배들이 열 명 넘게 이자카야에 모여 있었다. 옆 테이블에는 와타야 선배가 앉아 있었다.

나는 그제야 선배가 나를 이 자리에 부른 의도를 알아차리고는 약간 당황했다.

고향 선배가 모임을 주관한 듯, 내게 우선 자리에 앉아 밥을 먹고 있으라고 말했다. 나는 구석 자리에 앉아서 계속 와타야 선배를 의식했다.

얼마 후 이리저리 자리를 옮겨 다니며 사람들과 이야기하던 고향 선배가 내 자리로 왔다.

"잘 마시고 있냐?"

"아직 미성년이에요."

"마시고 있네."

"우롱차거든요."

그런 대화를 나눈 뒤 선배는 문득 뭔가 생각난 듯, 나를 보고 씩 웃더니 옆 테이블에 있는 와타야 선배에게 말을 건넸다.

"와타야! 이 1학년생, 내 고등학교 후밴데. 널 좋아한대."

술자리가 시작된 지 한 시간도 안 되어 내 짝사랑이 폭로되었다. 주위 사람들이 환호성을 질러대며 흥미로운 시선으로 나를 쳐다보았다.

와타야 선배도 시선을 돌려 당황해하는 나를 바라봤다.

"응? 정말이야?"

"아, 아니, 그게요."

"음, 하지만……, 나 좋아하지 마. 감당하기 꽤 힘들 테니까."

생각해보면 그것이, 와타야 선배가 나를 나로서 인식한

첫 순간이었다.

당황하고 초조해서 내가 그때 어떻게 반응했는지는 정확히 기억나지 않는다.

주위 사람들이 밀어붙이는 바람에 결국 와타야 선배 옆자리로 옮겨 앉아 대화를 나누게 되었다.

쓸쓸해 보였던 첫인상과는 달리, 생각 이상으로 털털하고 솔직한 사람이었다.

잘 웃었고 농담도 잘했다. 이미 스무 살이라고 독한 술을 물처럼 마셨다. 심지어 명랑하기까지 했다.

겨우 내 이름은 알려줬지만 연락처를 교환하진 못했다.

이어진 2차에서 더 많은 이야기를 나눠보려 했는데 와타야 선배는 참석하지 않고, 1차가 끝나자 몇몇 선배와 함께 역 쪽으로 가버렸다.

"나루세는 끝까지 남아 있어라."

나는 꼭 남아 있으라는 고향 선배 말에 따라 2차에 참석했다. 선배는 전부터 툭하면 후배 여학생을 소개해달라고 졸라댔으면서 지금 뜨거운 사랑 중이라며 짝사랑 상대에 관한 이야기를 끝없이 늘어놓았다.

결국 그 술자리에서 녹초가 되어 밤늦게서야 집으로 돌아갔다. 간단하게 샤워만 하고는 잠자리에 들었다가……,

나는 그날 밤 인상적인 꿈을 꾸었다.

또 어딘가의 술자리였다. 그곳에는 와타야 선배가 있었다. 나는 무심결에 옆에서 웃고 있는 선배에게 물었다.

"와타야 선배는 왜 웃고 있어요?"

꿈이기는 하지만 꽤 무례한 질문이다. 왜 그랬을까? 서글서글한 인상과는 달리 와타야 선배가 웃고 있는 모습이 부자연스러웠기 때문일까. 그녀가 어딘가 무리해서 웃고 있는 것처럼 보여서였을까.

와타야 선배가 내게 얼굴을 돌렸다. 그러고는 살포시 미소 지으며 대답했다.

"우는 것보단 낫잖아."

깜짝 놀라 잠에서 깨어났다. 아침이 밝아 있었다. 바로 기억을 붙잡으려 했기 때문인지 꿈은 사라지지 않았다. 생생한 선배의 모습에 심장이 마구 뛰었다.

사람이란 참으로 신기한 생물이다. 꿈인데도, 꿈에 지나지 않는데도 와타야 선배가 나타났고 나는 그녀를 더욱 좋아하게 되었다.

그 이후 나는 마음을 단단히 먹고 학교 캠퍼스에서 와타야 선배를 찾아갔다.

"아, 안녕하세요. 와타야 선배."

처음 인사했을 때 확실히 선배는 놀란 눈치였다.

"아, 요전번 그 애? 으음……. 나루세, 라고 했지. 날 좋아한다는."

"아, 네. 저번에는 덕분에……. 자, 잘, 지내셨죠?"

"흐음, 그냥 그렇지 뭐. 괜찮아, 나름 잘 지내."

내가 호감을 품은 상대와 이야기하는 건 왠지 신기한 느낌이었다. 마음이 술렁거렸고 어렴풋한 덩어리가 주위에 둥둥 떠다니는 듯한 기분마저 들었다.

와타야 선배는 쇼트커트가 잘 어울리는 당차고 쿨한 인상이었다.

술자리에서 느꼈듯이, 이야기해보면 싹싹한 성격으로 처음 봤을 때 느낀 쓸쓸함과는 거리가 먼 사람 같았다.

"아, 이제 가봐야 해서. 자 그럼 이만, 나루세."

그날 이후로도 나는 캠퍼스에서 선배를 볼 때마다 쫓아가 인사를 건넸다. 우리가 나눈 대화는 무난한 화제뿐이었다. 날씨라든가 강의 이야기. 같은 학과 교수 이야기. 공통지인인 고향 선배 이야기 등.

그래도 나는 만족했다. 와타야 선배가 나를 나로 인식하고 있다. 나루세, 하고 이름도 불러주었다.

여기에 있는 것은 0이 아니라 성장하지 못한 1이라고

느꼈다. 0은 무슨 수를 곱해도 1이 되지 않는다. 0과 1 사이에는 무한과도 닮은 거리가 놓여 있다.

단순히 지나가는 사람이나 배경의 일부로서 0으로 끝나고 마는 경우도 많다. 호들갑일지는 모르지만 나와 와타야 선배 사이에는 1이 있었다.

나는 그 1을 소중히 여겼다. 소중히 대할 수 있기를 간절히 바랐다.

차차 대학 생활에 익숙해지자 학교에 가는 목적의 절반 이상이, 와타야 선배와 잠깐이나마 대화를 나누는 일이 되었다.

"앗, 와타야 선배!"

"아아 나루세구나. 여긴 어쩐 일이야?"

"오늘도 선배를 만나려고 여기저기 찾아다녔죠."

"넌 보기와 달리 꽤 특이해."

와타야 선배는 어딘가 찾기 쉬운 장소에 있기도 했지만 아무도 없는 곳에 조용히 있기도 했다.

자꾸 말을 거는 내가 성가셔서 피하는 걸지도 모른다는 생각에 가슴이 철렁 내려앉았으나 고향 선배에게 물어보니 예전부터 그랬다고 한다.

"와타야는 혼자 있는 걸 좋아해."

혼자서 물끄러미 하늘을 올려다보거나 책을 읽고, 일기 같은 노트를 펼쳐놓을 때도 많았다고 한다. 그 광경은 나도 지금까지 여러 번 본 적 있다.

"그래도 나루세와 이야기할 때는 의외로 즐거워 보이던걸. 너무 신경 쓰지 마. 그보다 내 얘기 좀 들어봐. 그 애가 말이야……."

뜨거운 사랑이니 연애니 하는 이야기를 들으면서 그의 말에 용기를 얻었다.

나는 그 후로도 여러 장소에서 와타야 선배와 마주쳤고 그때마다 쫓아가 말을 걸었다.

교무처 건물 뒤쪽일 때도 있었고 사용하지 않는 교실이기도 했다. 때로는 도서관의 순수문학 코너 옆 책상이거나 조금 멀리 떨어진 천장 낮은 학생식당 혹은 도서관 뒤쪽에 놓인 벤치이기도 했다.

"선배, 안녕하세요?"

오늘은 와타야 선배가 도서관 뒤쪽 벤치에 앉아 있었다. 초여름의 햇살도 거기까지는 미치지 못해 약간 서늘하다. 선배는 손에 문고본을 들고 있었다.

"응, 안녕. 가끔 말이야, 나루세와 인사를 하고 있으면 초등학교 선생님이 된 기분이 들어."

"선배는 선생님도 어울릴 것 같아요."

"안경이라도 써볼까?"

"아뇨, 선배는 그대로도 괜찮을 것 같은데. 뭐랄까."

미소를 지으며 나를 바라보던 선배가 손에 들고 있던 문고본을 덮었다. 그때 표지로 눈길이 갔다.

뜻밖에도 그 책은 요즘 화제가 되고 있는 영화의 원작 소설이었다. 작가가 미인이라는 것이 화제의 이유이기도 해서 기억하고 있다. 니시카와 게이코라는 여성 작가의 작품으로 어른의 연애 이야기였던 듯하다.

"선배도 연애소설을 읽는군요. 그거 영화로 만들어진 책이죠?"

"연애소설? 아……, 이 소설 말이군. 순수문학 장르지만 딱히 연애소설은 아니야. 하긴 연애물로 읽어도 재미있을 것 같지만."

선배가 술술 이야기를 이어갔다.

어쩌면 선배는 순수문학 장르를 좋아하는지도 모른다. 실제로 도서관 순수문학 코너에 있는 모습을 종종 보았다.

"재밌겠는데요. 나도 살까?"

"좋지. 등장인물에 학생은 없지만 꽤 재밌을 거야. 지금은 문고본으로도 나와서 어느 서점에나 다 있을걸."

생각보다 선배와 대화가 자연스럽게 이어져서 마음이 들떴다.

"최루성 소설이에요?"

"그럴지도 모르겠어."

"전 그런 데 약해서 조심해야겠네요."

"확실히 그런 스토리에 펑펑 울 것 같은데?"

선배가 장난스러운 표정으로 웃었다. 나는 부끄러워졌다. 바로 그런 타입이기 때문이다.

"미안, 미안. 놀리려고 한 건 아냐. 아 참, 그 말 들었어?"

내가 무안해할까 봐 그랬는지 와타야 선배가 화제를 바꿨다. 그 고향 선배가 짝사랑하는 상대에게 고백했다가 차였다고 한다.

그 얘기라면 이미 알고 있었다. 실은 누구보다 자세히 알고 있을지 모른다. 고향 선배는 학교에서 마주칠 때마다 나를 붙들고 하소연했고, 짝사랑 상대에게 차인 그를 위로한 사람이 바로 나였으니까.

그 이야기를 해주자 와타야 선배가 웃었다.

"아하, 나루세도 들었구나. 애절한 짝사랑 끝에 차였다는 거."

"네. 첫 만남부터 헤어짐까지, 여섯 번은 들었는걸요."

"영화 여섯 편 분량이네."

"그래도 제가 지루해할까 봐 그랬는지 세세한 내용은 매번 다르고 연출도 점점 탄탄해지더라고요. 마지막에는 완전 감동작이 될지도. 아니, 애절한 러브스토리라고 해야 하나."

사랑에 관해 한참 이야기하다가, 문득 생각났다.

와타야 선배에게 남자친구가 있는지 없는지, 나는 알지 못했다. 고향 선배도 자세히는 모르는 것 같던데……. 그걸 지금 와타야 선배에게 직접 물어볼 기회인지도 모른다.

그렇게 생각하자 갑자기 긴장되었다.

이런 내 심경을 눈치채지 못하고 와타야 선배가 말했다.

"지루해할까 봐 그런 게 아니라 그냥 자기 맘대로 말을 붙인 거 같은데?"

"그래도 저는 좋던데요. 애절한 사랑 같은 거 현실에서는 별로 찾아보기 어려우니까."

"……아, 응. 그러네."

왜일까. 와타야 선배의 대답이 약간 늦었다. 그리고 선배의 얼굴에 한순간 쓸쓸한 빛이 비쳤던 것 같다.

다만 긴장 상태였던 나는 그 사실을 더 이상 깊이 생각하지 않았다.

발딱발딱 심장의 고동이 느껴졌다. 나는 와타야 선배에 대해 알고 싶었다. 선배에게 남자친구가 있을까. 역시 그게 신경 쓰였다.

아니지, 이렇게나 예쁜 사람이다. 과거에 연인이 있었을 수도 있다.

그 누군가에게 선배는, 내게 보여주지 않은 표정을 보였을까. 어쩌면 지금도 보여주고 있는 걸까.

그걸 알고 싶다. 어떻게든 물어보고 싶다.

가벼운 분위기를 만들어 자연스럽게 물어봐야겠다고 생각했다. 농담처럼. 가능한 한 무심코 묻듯이. '근데 선배는'이라고 말을 꺼내서.

"와타야 선배는 절절한 사랑 같은 건 안 해봤을 것 같아요."

한순간, 선배가 놀란 표정을 보였다.

그때야 내가 얼마나 실례되는 말을 한 건지 알아차렸다. 당황해서 사과하려 할 때, 선배가 나지막하게 말했다.

"네가 모를 뿐이야."

"네?"

와타야 선배가 다시 미소를 지었다. 무척, 슬퍼 보였다. 선배는 스마트폰으로 시간을 확인했다.

"벌써 시간이 이렇게 됐네. 이제 가봐야 해. 그럼 또 봐."

그러고는 곧 자리를 떠났다. 여느 때처럼 혼자 걸어갔다.

선배의 뒷모습을 나는 아무 말 없이 바라보았다. 마음은 물웅덩이처럼 고요했다.

내가 알지 못하는 선배의 세계가 있다는 사실을 다시금 깨달았다.

'네가 모를 뿐이야.'

그 말대로였다. 나는 선배에 대해 아무것도 알지 못한다. 현재뿐만 아니라 과거도.

어찌할 수 없는 슬픔과 분한 감정이 나라는 존재를 휘감았다.

어쩌면 앞으로의 일도……

얼마 뒤, 요전번에 술자리를 함께했던 다른 선배들에게 과감히 물어보았다. 예전 일은 모르지만 와타야 선배가 대학에 들어온 뒤로 누군가와 사귀는 것 같지는 않다고 말했다.

그렇다면 와타야 선배의 그 말이 의미하는 건, 중학교나 고등학교 때의 일인 걸까. 지금은 그 상대와 헤어졌다는 뜻일까. 그 뒤로 와타야 선배와 마주치기가 망설여졌다. 무례한 말을 한 탓에 어색하기도 했다.

앞으로도 강아지가 재롱떨며 따르듯이 선배를 좋아하기만 해도 되는 걸까, 라는 의문이 들었다. 그래서는 아무 것도 달라지지 않는 게 아닐까 하고.

와타야 선배와 다시 우연히 마주친 것은 마지막으로 대화를 나눈 지 2주 정도 지났을 무렵이었다.

이미 6월로 들어섰고, 나는 다음 날 있을 시험에 대비해 도서관에서 공부하고 있었다. 잠시 쉴 겸 산책을 하려고 도서관 안을 걸었다. 순수문학 코너에는 일부러 가까이 가지 않았다.

그런데 1인용 좌석에 앉아 있는 와타야 선배를 발견했다. 웬일로 책상에 엎드려 자고 있었다.

심장이 크게 요동치며 내가 선배에게 마음을 빼앗겼다는 사실을 새삼 일깨워줬다.

도서관은 냉방이 잘 되어 있다. 여기서 자면 몸이 차가워져서 감기에 걸리거나 건강을 해칠 수 있다.

고민한 끝에 나는 선배를 깨우기로 했다.

"음……, 어라? 너."

어깨를 톡톡 건드리자 선배가 눈을 떴다.

다른 의도는 없었지만 선배는 여성이다. 가녀린 어깨의

감촉이 손끝에 전해져 왔다.

선배를 어떻게 대해야 할지 몰라 나는 난감한 표정을 지었다.

"미안해요. 냉방이 너무 세서 감기 들까 봐."

"아, 그랬구나. 고마워."

오랜만에 얼굴을 마주하는 거라 나도 모르게 선배를 가만히 바라보았다.

나는 말할 수 없이 선배가 좋았다. 쓸쓸해 보이면서도 밝고, 밝으면서도 쓸쓸해 보이는……. 무엇이 그녀를 그렇게 만들었을까.

알고 싶어서 좋아진 건지 좋아해서 알고 싶어진 건지 그 순서도 구별이 되지 않는다.

아무튼 선배를 생각하면 감정이 흘러넘칠 것만 같다.

"그럼 저……, 이만 가볼게요."

사실은 더 이야기하고 싶었지만 너무 달라붙어도 좋지 않다. 그렇게 생각한 나는 조용히 그 자리를 떠나려 했다.

"있잖아."

하지만 선배의 목소리에 발을 멈췄다.

뒤돌아보니 선배가 일어서 있다. 왠지 괴로운 듯 웃고 있었다.

"난……, 다정한 남자를 좋아하지 않아."

뭐라고 대답해야 할지 망설였다. 내가 호의를 품고 있는 게 성가신 걸까. 나를 단념시키려는 걸까.

"저는 별로 다정하지 않으니까 괜찮아요."

그 말에 선배는 아무 대꾸도 하지 않았다. 나도 모르게 물었다.

"왜 다정한 남자가 싫은데요?"

"……짜증 나니까."

"네?"

"인간은 말이야……, 원래 자기 본위로 살아가는 생물이잖아? 하지만 다정한 남자는 그렇게 살지 않으니까."

선배는 누구 이야기를 하는 걸까.

선배는 지금 분명히 여기에 있다. 현재에 속해 있다. 그런데도 선배의 눈은 이곳이 아닌, 어딘가 다른 장소를 보고 있는 것 같았다.

"자기 본위로 살지 않아서 싫은 거예요?"

"응. 자기 본위로 살아가면서 타인은 생각하지 말고 그저 자기가 하고 싶은 일만 했으면 좋겠어. 그리고……, 타인에게도 아무렇지 않게 미움받았으면 해. 그렇게 하고 싶은 대로 세상에서 활개 쳤으면 좋겠어."

이 말은 선배의 간절한 소망처럼 들렸다.

말을 마친 선배는 나를 지그시 바라보았다. 그리고 또 언젠가처럼 서글픈 듯이 웃었다.

"너는 그런 사람 아니잖아. 그러니까 나를……."

단념해.

선배는 그렇게 말하려는 게 분명하다. 선배를 막아서듯 내가 먼저 말을 내뱉었다.

"선배를……, 좋아해요."

비집고 들어설 여지를 완전히 차단당하기 전에 말해야 한다고 생각했다. 선배에게 '단념해!'라는 말을 들으면, 그렇게 할 수밖에 없으니까.

그래도 나는 선배를 포기하지 못할 테니까.

비집고 들어설 틈이 조금도 없다는 걸 알면서도 이 세계의 한 귀퉁이에서 선배를 애타게 그리며 어느새 또 캠퍼스에서 그녀의 모습을 좇고 있겠지.

그런 나를 쉽게 상상할 수 있었다.

하지만 알고 있다. 고백해도 어쩔 수 없다는 것쯤은.

내 마음은 선배에게 닿지 않는다. 차일 것이다. 그만한 각오는 하고 있었다.

"사귀어도 되지만 조건이 있어."

그래서 한참 아무 말이 없던 선배에게 이 말을 들었을 때는 놀라지 않을 수 없었다.

그리고 내 착각일지 모르지만 선배 역시 이 말을 하며 스스로 놀라는 것 같았다.

선배가 계속 말했다.

"날 정말로 좋아하지 말 것. 지킬 수 있어?"

사람이 드문 도서관은 고요했고, 냉방장치 돌아가는 소리만이 가만히 울리고 있었다.

고요한 세상에 비해 내 안은 몹시도 시끄러웠다. 계속해서 심장이 두근두근 뛰었다.

눈앞에는 밝으면서도 쓸쓸함이 감도는 아름다운 사람이 있다.

그 사람을, 나는 더욱 알고 싶었다. 그런데 그 사람이 진심으로 좋아하지 말라고 한다.

그건 무슨 의미일까.

내 호의를 장난이라고 생각하는 걸까. 연애 자체를 동경해서 선배를 좋아하게 된 거라고 생각하는 걸까.

무엇보다 그 조건을 받아들이지 않으면 어떻게 되는 걸까.

선배는 지금 내 말을 농담으로 여기고 밝게 웃으며 이 이야기를 끝내려는 걸까? 그렇게 되면 두 번 다시 선배의 마음과 과거에 다가갈 수 없게 되는 걸까?

망설임은 한순간이었다. 어찌 됐든 내 대답은 정해져 있었다. 나는 선배가 좋았다. 선배에 대해 더 알고 싶었다.

늦지 않게 말할 수 있을까. 선배는 지금이라도 당장 '농담이야'라고 말하며 제안을 거둬들이려는 것 아닐까. 늦지 않기를. 그렇게 간절히 바라면서 나는 대답했다.

"네"라고.

3

고등학교 2학년 때, 어느 날 방과 후 도루가 왜 잘 알지도 못하고 호감도 없어 보이는 마오리에게 갑자기 고백한 걸까. 당시에 나는 그 의문을 계속 지울 수 없었다.

'반에서 괴롭힘당하던 친구를 지키기 위한 벌칙 게임.'

그 사실을 바로 알지 못한 게 다행이었을지 모른다. 도루의 성품을 몰랐던 때라 고백의 진짜 이유를 알았다면 분명 도루를 싫어했을 것이다.

마오리에게도 빨리 도루와 헤어지라고 단호하게 충고했을지 모른다.

하지만 마오리는 그때 이미 도루가 벌칙 게임으로 고백한 것임을 알아차렸다고 한다.

자신에게 호감이 없다는 사실을 알고 있었기에 선행성 기억상실증 상태임에도 뭔가 새로운 일을 할 수 있지 않을까 싶어 조건부로 고백을 받아들였던 것이다.

다시 말해 처음에 두 사람은 서로 좋아해서 사귄 게 아니었다.

도루에게는 도루의 사정이 있었고 마오리에게는 마오리의 생각이 있었다. 마오리는 자기가 멋대로 시작한 이 일로 나에게 폐를 끼칠까 봐 두 사람이 진짜 연인이 아니라는 사실을 내게 숨겼다.

그러한 경위로 나는 처음에 도루를 의심스러운 눈으로 보았다. 뭔가 꿍꿍이가 있어 마오리에게 접근한 게 아닐까 하고 경계하기까지 했다.

이렇게 한 데는 나의 성격도 한몫했을 것이다. 마오리와 달리 나는 누구하고나 친해질 수 있는 사람이 아니다. 표면상으로는 친하게 지내지만 사실은 남에게 쉽게 마음을 열지 못한다.

나는 사람이 무서웠다.

소설 속의 등장인물과는 달리, 실제 인간은 무슨 생각

을 하는지 알 수 없다.

서로 대화를 나누거나 표정에서 감정을 읽어내는 수밖에 없는 데다 그 언어나 표정마저 손쉽게 속일 수 있다.

그래서 나는 가능한 한, 특정한 사람 외에는 친해지지 않으려 노력했다. 그 대신 한번 친해지겠다고 결정한 사람과는 철저히 친해지기로 했다.

고등학생 때 내게 그 대상은 마오리였다. 마오리는 속과 겉이 다르지 않고 언제나 한결같았다.

마오리와는 고등학교 1학년 때 같은 반이 되면서 알게 되었다. 냉담해 보이는 내게 마오리는 편하게 말을 걸어주었고, 어느새 절친이라 부를 수 있는 사이가 되었다.

나는 순수하게 마오리를 존경했다. 그 애는 진정한 의미의 노력가였기 때문이다.

마오리는 수업 시간 중에 가끔 오른손 가운뎃손가락을 들여다보았다. 반 아이들 중에서 그 사실을 알아차린 사람은 아마도 나밖에 없을 것이다.

마오리가 펜을 쥐는 오른손 가운뎃손가락에는 굳은살이 박여 있었다.

우리가 다니는 고등학교는 주로 대학 진학을 목표로 하는 학생들이 모여든 곳이라 중학교에서 나름대로 공부를 잘하던 아이들이 많았다. 그래서 마오리는 실력이 밀리지 않도록 노력을 게을리하지 않았다.

그렇기에 손가락에 굳은살이 계속 없어지지 않았고, 자신의 노력을 확인하기 위해 때때로 손가락을 뚫어져라 바라보곤 했던 것이다.

다만, 마오리가 꾸준히 노력했던 건 기억장애가 생기기 전까지였다.

선행성 기억상실증에 걸리고 나서 마오리는 더 이상 노력할 수 없게 되었다. 온종일 아무리 열심히 공부해도 그것은 기억으로 축적되지 않고, 다음 날이면 전부 잊어버렸다.

잊어버리는 것은 지식뿐만이 아니다. 자신이 사고를 당해 기억장애를 겪고 있다는 사실마저 잠이 들면 잊어버린다. 매일 아침 눈뜰 때마다 마오리는 가혹한 현실에 직면했다.

그래도 마오리는 긍정적으로 살았다. 나라에서 정한 장애자 특례에 의해 출석 일수만 채우면 졸업이 인정되었기에 학교에도 열심히 다녔다.

그러는 편이 휴학이나 퇴학을 하는 것보다 정신 건강에 더 좋았기 때문이다.

하지만 어쩔 수 없이 정신적으로 불안정할 때가 있었다. 아침에 일어나면 자신이 기억장애를 겪고 있다는 사실을 알게 된다. 그 현실을 받아들이고 어떻게든 일상생활을 한다.

이런 삶에는 당연히 고충이 따른다. 언제나 같을 수는 없는 노릇이다.

"그런 상태로 살아봤자 무슨 의미가 있어?"

언젠가 마오리는 그렇게 약한 소리를 하기도 했다. 어느 날, 마오리가 학교에 오지 않았다. 걱정되어 집으로 찾아갔더니 방 안에 틀어박혀 있었다. 아마 울고 있었던 모양이다.

미래를 빼앗긴 심정이었을 것이다. 기억장애가 있는 한, 아무것도 쌓아갈 수 없으니까. 아무리 하루를 열심히 살아도 밤에 자고 나면 초기화되고 마니까.

그런 마오리의 슬픔을 잠재워준 사람이……, 바로 도루였다.

내가 하지 못한 일을 한 사람이, 마오리를 좋아할 리 없는 도루였다.

가짜여도 상관없이 도루는 연인으로서 계속 마오리 옆에 있었다. 줄곧 곁에 있어 주었다.

마오리의 부모님도 나도, 가족으로서 친구로서 계속 마오리 곁에서 함께해왔다고 믿었다. 하지만 가족으로는 부족한 것이 있었다. 절친이라도 채워주지 못하는 일이 있었다.

그렇지만 연인이라면…….

"내일의 히노도 내가 즐겁게 해줄게."

언제부터인가 도루는 마오리를 정말로 좋아하게 되었다.

마오리가 비밀로 하고 있던 기억장애를 알면서도. 마오리는 그날그날의 일을 노트와 수첩에 기록해서 기억을 보완했다.

거기에는 좋은 일도, 나쁜 일도 모두 적혀 있었다. 마오리를 기쁘게 하는 일도 있고, 슬프게 하는 일도 있었다.

그것을 안 도루는 마오리가 쓰는 일기를 즐거운 내용으로 채워주려고 노력했다.

매일 아침 자신이 선행성 기억상실증이라는 사실을 받아들여야만 하는 마오리가 그 일기를 보고 용기 낼 수 있게, 하루가 절망으로 뒤덮이지 않게.

도루는 매일의 마오리를 필사적으로 즐겁게 해주었다. 마오리는 도루 옆에서 자연스럽게 웃기 시작했다.

나는 그런 두 사람의 모습을 말없이 지켜보았다.

연애를 하면서 도루가 달라지고, 기억이 계속 이어지지 않는 마오리마저 달라져 가는 모습을 잠자코 바라보았다. 아니, 그 표현은 맞지 않을지 모른다.

가만히 지켜보는 것밖에 내가 할 수 있는 일은 없었다.

그때까지 나는 많은 책을 읽었다. 그래서 인생을 안다고 생각했다.

하지만 어쩌면 당연한 말이지만……, 책은 인생 그 자체가 아니다.

4

눈을 뜨자 모든 것이 꿈이었나 싶었다.

물론 마음 깊은 곳에서는 그런 생각 따위 하지 않았다. 현실은 단단하고 변함이 없다.

하지만 그 정도로 현실감 없는 일이었다. 나는 와타야 선배와 사귀게 되었다.

도서관에서 내가 고백하고 그 고백을 선배가 조건부로 받아들인 뒤 우리는 연락처를 주고받았다.

"그럼 오늘부터 연인이네."

"그런, 거 같네요……."

"연상의 여친이 생기니 어때? 기뻐?"

"네? 아, 그건."

"농담이야. 뭘 진지하게 대답하려고 그래? 그럼 잘 부탁해."

와타야 선배는 조금 전까지 심각했던 자신을 잊고 싶어 하는 듯했다. 농담을 섞어가며 얘기하더니 책상 위에 널려 있는 책을 정리해 떠나려 했다.

"저, 저기……. 왜 정말로 좋아하면 안 되는 거죠?"

용기 내어 물어보자 와타야 선배가 뒤돌아봤다. 나를 가만히 바라보았다.

"잘 전해지지 않은 것 같은데. 저, 정말로 선배를……."

"그건 안 돼. 헤어질까?"

거침없는 그 말투에 나는 겁먹고 말았다. 선배는 잠깐 생각에 잠겼다.

"나는……. 음, 연애 놀이도 괜찮아. 유사 연애도 상관없어. 오히려 그게 좋아. 나루세가 그 조건이 싫다면, 역시."

그만둘까.

그 말을 듣기 전에 나는 내 의지를 확고하게 전했다.

"아니, 그래도 괜찮아요. 선배랑 함께 있을 수 있다면."

놀이. 우리가 사귀는 건 연애 놀이라고 와타야 선배는 강조했다. 유사 연애도 상관없다고.

그 말에 어떻게 매듭을 지어야 할지 생각했다.

하지만 의외로 결론은 일찍감치 났다. 놀이라도 상관없다. 지금은 그걸로도 좋다고.

처음에는 흉내일지라도 언젠가 그것이 진짜가 될지도 모르니까.

그렇게 생각하면서 학교에 갈 준비를 한다.

대학에 입학하면서 나는 학교 근처에 방을 얻어 혼자 독립해 살기 시작했다. 오늘은 1교시부터 강의가 있는 날이라 평소보다 일찍 집을 나섰다. 대학교까지는 걸어서 10분도 걸리지 않는다.

교내로 들어서면 어느새 습관적으로 와타야 선배가 있는지 두리번거리며 찾게 된다.

'선배, 오늘 학교에 왔어요?'

스마트폰 메시지로 물어보면 간단히 해결되겠지만 어제 일도 있고 해서 차마 메시지를 보낼 용기가 나지 않았다.

결국 와타야 선배를 한 번도 보지 못한 채 강의를 들으며 오전 시간을 보냈다.

점심시간이 되어 같은 과 친구들과 학생식당으로 향했다. 오늘의 메뉴 중에서 뭘 고를까 고민하고 있는데 시야 끝에 특별한 것이 들어왔다.

그쪽으로 시선을 돌리자 식판을 든 와타야 선배가 혼자 식당 의자에 앉으려는 모습이 보였다.

"또 와타야 선배 보고 있는 거냐?"

내 시선이 어디에 닿아 있는지 눈치챈 친구가 그렇게 물었다. 내가 선배를 좋아하는 걸 다들 알고 있어서 친구들도 선배를 알았다.

친구의 말을 듣고는 다른 친구들도 일제히 와타야 선배를 쳐다보았다.

"우와, 혼자 당당하게 식사하고 있어. 여전히 멋있네, 저 선배."

"특이한 사람이야. 세상을 초월한 것 같다고나 할까."

그것이 아마도, 같은 대학에 다니는 사람들의 공통된 인식과 평판일 것이다.

친구 없는 사람으로 보이기 싫어서 무리 지어 다니는 경향이 있는 대학교 안에서 그런 건 전혀 신경 쓰지 않고 유유히 혼자 다니는, 멋있고 신비로운 느낌의……

그런 와타야 선배와 내가, 비록 조건부이기는 하지만

사귀고 있다는 사실이 믿어지지 않았다.

먼저 자리를 잡아두겠다며 친구들이 떠난 뒤, 나는 스마트폰을 꺼내 들었다. 망설인 끝에 와타야 선배에게 메시지를 보냈다.

— 좋은 아침! 선배를 발견했어요.

약간 긴장했다. 메시지가 온 것을 알아차리고도 상대가 나라는 사실을 알고 무시하면 어쩌나.

그런 모습을 눈앞에서 직접 보면 어떤 기분이 들까. 와타야 선배가 무언가를 알아차린 듯 스마트폰을 집어 들었다. 터치하며 화면을 바라본 뒤, 두리번두리번 주변을 확인했다.

이윽고 나를 발견하고는 살포시 웃는다. 스마트폰에 무언가를 입력하는 것 같더니 바로 선배에게서 메시지가 왔다.

— 머리에 까치집이 지어졌네. 얼른 고쳐.

엉겁결에 머리를 매만졌다. 당황해서 머리 모양을 고치려는데 다시 메시지가 울렸다.

— 미안. 농담!

다시 시선을 돌리자 그 끝에서 선배가 조용히 미소 짓고 있었다.

사귀기 시작했다고 해서 뭔가가 극적으로 진전되었다 거나 퇴보한 건 아니었다.

학교 내에서 와타야 선배는 평소처럼 선배답게 지냈고 나 또한 남자친구랍시고 나서서 그녀의 일상을 흐트러뜨리는 일도 없었다.

선배와 사귀기 시작했다는 말을 내가 친구들에게 하지 않았듯이 와타야 선배도 누군가에게 말한 것 같지는 않았다. 그래도 분명히 달라진 게 있었다.

"여어, 뭐 읽고 있어?"

나는 집에서 가깝기도 해서 공부하거나 책을 읽을 때 학교 도서관을 이용하곤 한다.

예전에 와타야 선배가 읽고 있던 소설을 사서 책을 펼쳐 들었는데 선배가 다가오더니 물었다.

"아니, 뭘 그렇게 놀라? 지금 눈 엄청나게 커졌거든."

선배가 먼저 말을 걸어온 적은 지금까지 한 번도 없었다. 그러니 선배가 말한 대로 진짜 눈이 번쩍 커졌는지 모른다.

"아뇨, 그게……. 너무 뜻밖이라."

선배가 미소를 지으며 비어 있던 옆자리에 앉았다. 내가 손에 들고 있는 소설을 알아보았다.

"어? 그 소설……, 요전번의?"

"아, 맞아요. 구내서점에서도 팔고 있길래 샀어요."

"여기서 읽어도 괜찮겠어? 도서관에서 소설 읽고 끄억 끄억 울면 꽤 볼만할 거야."

그 말을 듣고 상상해보았다. 확실히 무척 볼썽사납다.

"눈물이 나오려고 하면 화장실로 달려갈 거니까 문제없 어요."

"더 이상할걸?"

팔꿈치를 세워 손으로 턱을 괴고는 선배가 웃었다. 그 순간, 무척 잘 어울리는 짧고 검은 머리칼이 흔들렸다. 선 배는 싱그러울 정도로 아름다웠다.

그 아름다움에 시선을 빼앗기고 있자니 선배가 물었다.

"그러고 보니까 나루세 말이야, 지금까지 누군가 사귄 적 있어?"

그것은 연애 놀이와 관계있는 걸까? 뭐라 대답해야 좋 을지 몰라 망설였지만 숨길 일도 아니었기에 솔직히 대답 했다.

"뭐, 네."

"약간 의외인데? 어떤 사람이었어?"

"음, 집안일이랑 요리를 잘하고 성장하는 걸 좋아하던

애였어요."

　솔직히 말한다고 했는데, 대답하고 보니 나밖에 모르는 설명이었다는 것을 깨달았다. 성장하는 걸 좋아한다는 말을 들으면 무슨 뜻인지 모를 텐데.

　"음……, 집안일이랑 요리를 잘했구나."

　실제로 선배는 당황해하고 있었다. 의미를 알 수 있게 나는 다시 이야기했다.

　고등학교 1학년 때 처음으로 생긴 여자친구는 매우 대범한 성격이었고 체격도 성격과 비슷했다.

　초등학생이라면 그런대로 괜찮지만, 고등학생이 되면 외모가 제멋대로 반에서 등급을 형성한다.

　하지만 그 애는 그렇게 학급에서 만들어지는 등급과는 왠지 거리가 멀었다.

　솔선해서 학급 청소를 도맡았고 어머니에게 직접 배운 방법을 이용해 놀랄 만큼 효율적으로 교실을 반짝반짝 가꾸었다.

　힘차게 천천히 걷고 티 없이 웃어서 모두가 마스코트 캐릭터처럼 잘 따랐다. 그러면서도 같은 학년에서 두드러지게 머리가 좋았다.

　성장한다는 말을 좋아하고 손수 만든 도시락도 오구오

구 잘 먹었으며, 나중에 농림수산성에 들어가 국가의 식료 자급률을 높이는 것이 꿈이라고 말했다.

예전 여자친구에 관해 말해주자 선배는 어이없다는 표정을 지었다.

"그 애랑 왜 사귀었던 건데?"

"내가 마른 편이라 더 잘 먹어야 한다고 주먹밥 같은 걸 줬거든요."

"그래서?"

"쌀이 좋은 건지 김 품질이 고급인 건지 몰라도 그 주먹밥이 너무 맛있어서."

너무 맛있어서 반찬도 먹어보고 싶어졌다. 그 애는 반찬을 나눠주다가 어느 사이엔가 내 몫까지 도시락을 만들어 왔다. 그리고 깨닫고 보니 어느새 좋아하고 있었다.

설명을 마치자 선배가 손으로 얼굴을 가렸다. 무슨 일인가 했는데 엄청나게 웃어댔다.

"뭐야 그게. 너무 평화롭잖아. 그런 일이 정말 있어?"

"그럼요. 있죠. 요리뿐만 아니라 일본차를 물통에 넣어서 갖고 오기도 했는데 그 차도 어떻게 끓였는지 굉장히 맛있더라고요. 뭐라고 할까, 달아요. 아 물론 설탕을 넣은 건 아니고요."

하지만 그 여자애와는 입시 공부가 본격화되는 3학년에 올라가면서 곧 헤어졌다.

헤어진 건 봄이었다. 공원으로 피크닉을 가서 주먹밥을 먹고 일본차를 마셨다.

조금 놀다가 늦은 오후가 되자 "안녕" 하면서 초등학생처럼 손을 흔들고 헤어졌다. 그녀는 힘차게 석양을 향해 혼자 걸어갔다.

그녀는 항상 밝게 웃었다.

하지만 나는 그제야 그녀를 무엇 하나 제대로 이해하지 못하고 있었다는 생각이 들었다. 그녀도 숨기고 있었던 게 아닐까 하는.

나는 어쩌면 그녀가 내보이지 않은 나약함과 고독에 마음이 끌렸는지도 모른다…….

다만 와타야 선배에게 그런 얘기까지는 하지 않았다. 웃으며 할 수 있는 이야기는 웃을 수 있는 이야기로 두고 나의 평온한 과거로 끝내면 된다.

내 이야기가 재밌었는지 선배는 부드러운 표정으로 웃었다. 선배가 지금까지 보여주지 않았던, 내가 발견하지 못했던 표정이었다.

그 정도로 자연스러웠다.

"선배는……, 중학교 때나 고등학교 때 사귀는 사람 있었어요?"

하지만 그 자연스럽고 부드러운 표정은 내 질문을 듣자 이내 사라졌다.

"적어도 중학교 때는 그런 일이 없었지."

"그럼 고등학교 때는요?"

언뜻 슬픈 듯이 선배가 웃었다.

"글쎄."

"궁금해요."

"뭐 그래도 키스 정도는 해봤으니까."

"그건……, 절절한 사랑을 했다는 그 상대인가요?"

"기억하고 있었네?"

"당연하죠. 계속 신경이 쓰였는걸요."

선배는 나를 보고 다시 웃음 지었지만 아무 대답도 하지 않았다. "그럼 오늘은 이만"이라고 말하더니 자리에서 일어나 등을 보이며 걸어갔다.

낯익은 뒷모습이다. 인생을 혼자 걸어온 사람의 뒷모습이었다.

5

도루가 집안일과 요리를 잘하는 남자라는 사실을 알게 된 건 마오리와 사귀기 시작한 지 며칠 지났을 때였다.

두 사람은 사귀기로 한 뒤부터 방과 후에 교실에서 만나 이야기를 나눴다.

도루가 어떤 애인지 확인하려고 그날은 나도 교실에 따라갔다.

마오리가 셋이 친목을 다지자고 제안해 도루의 집에 놀러 가게 되었다.

도루는 아버지와 둘이 공영 아파트에서 살고 있었다. 대개 남자 둘이 사는 집은 어질러져 있을 거라고 생각했는데 도루의 집은 놀랄 정도로 정리 정돈이 잘 되어 깨끗했다.

가짜로 꾸밀 수 있는 청결감이 아니라 꾸밀 수 없는 위생감을 드러내고 있었다.

도루는 그런 걸 중시했다. 집안일에 소신을 가진 고등학생이라는 존재를 재미있고 유쾌하게 생각하면서도 나는 왠지 감탄했다.

"말해보기 전엔 몰랐는데 가미야, 꽤 특이한 애구나."

"그 말, 와타야한테만은 듣고 싶지 않은데."

신기하게도 서로 편하게 농담을 주고받을 수 있었다. 그건 취미가 같다는 데서 오는 편안함 때문이었는지도 모른다.

도루의 집에 가기 전에 교실에서 이야기를 나누다 같은 순수문학 잡지를 사서 보고 있다는 사실을 알았다. 그뿐만이 아니다. 둘 다 당시에는 아직 아는 사람이 많지 않았던 작가 니시카와 게이코를 좋아했다.

그런 도루는 집안일만 잘하는 게 아니라 요리도 아주 잘했다.

"변변찮은 차지만 들어."

"그건 아니지, 가미야, 녹차도 아닌데."

도루는 슈퍼에서 파는 홍차를 믿을 수 없을 정도로 맛있게 우렸다. 레이디그레이라는 홍차로 그때 맛본 이후 나도 좋아하게 되었다.

셋이서 홍차를 마시며 이런저런 이야기를 하다가 저녁이 되어가자 도루가 가까운 역까지 우리를 배웅해주었다. 도루는 나가는 김에 저녁거리 장을 보겠다며 에코백을 들고 나왔다.

노련한 주부 같은 수수께끼의 관록이 붙어 있는 도루는

에코백이 묘하게 어울리는 고등학생이었다. 그 모습이 너무 재미있어서 마오리와 나는 웃었다. 마오리는 사진도 찍었다.

집안일과 요리를 잘하고 에코백이 어울리는 남자. 그 모든 것이 거짓이나 연기가 아니라 자연스럽게 가미야 도루라는 인물을 만들어내고 있었다.

다음 날 방과 후에는 내가 두 사람을 우리 집으로 초대했다. 어머니와 둘이 사는 아파트다. 아버지는 안 계시다. 내가 중학생일 때부터 따로 살고 있다.

내가 도루를 흉내 내 부엌에서 홍차를 끓이는 동안 도루와 마오리는 거실에서 이야기를 나눴다.

두 사람은 바싹 붙어 앉아 둘밖에 들리지 않는 목소리로 속닥거렸다.

당시 나는 절친인 마오리를 도루에게 빼앗긴 것 같아서 살짝 질투가 났다.

그 감정이 가리키듯이 어디까지나 도루는 마오리의 남자친구였다. 그 이상도 이하도 아니었다.

연애 감정 같은 건 어디에도 없었다.

나처럼 어딘가 냉담해 보이고 순수문학을 좋아하며 집안일과 요리를 잘하는 특이한 아이.

그런 도루에게 연애 감정을 갖게 된 것은 더 나중의 일이다. 동경이라고 할 수 있는 감정을 아주 조금 마오리에게 품게 된 것도 훗날의 일이었다.

도루에게……, 키스를 하게 된 것도.

6

이제 슬슬 데이트를 청하고 싶다. 와타야 선배와 사귀기로 한 지 2주가 지나고 있었다.

그 사이에 한 일이라고는 메시지 교환, 여느 때와 같은 인사, 거기서 시작된 대화 그리고 강의 후 도서관에서 몇 번 이야기를 나눈 정도다.

충분하다면 충분하다. 이 이상 바랄 수 없을지 모른다.

하지만 나는 와타야 선배와 놀러 가고 싶었다. 그곳에서 보고 느낀 것을 함께 이야기하고 싶었다. 갖가지 풍경을 선배와 함께 보고 싶었다.

생각해보면 사귀고 싶다는 것은 그런 감정을 가리키는지도 모른다.

이 사람과 여러 가지 일을 함께 해보고 싶은 마음.

"저기, 데이트하지 않을래요?"

그래서 그날 와타야 선배와 마주쳤을 때 용기를 내 말을 꺼냈다. 선배는 오늘 교무처 건물 옆 눈에 잘 띄지 않는 벤치에 앉아 있었다.

"응? 데이트?"

"아, 네."

"누구랑?"

"선배랑."

"누가?"

"저요."

"뭘?"

"데이트요."

"누구랑?"

"선배랑."

"누가?"

"제가."

그렇게 세 번 정도 같은 대화를 반복했다. 내가 아무리 어설프기로서니 대화 중간부터는 놀림당하고 있다는 걸 알았다. 그러나 먼저 두 손을 든 사람은 선배였다.

"우직하네, 나루세는. 뭐, 그것도 좋지만."

선배가 그렇게 말하고 웃음을 짓기에 부끄러워져서 나도 따라 웃었다.

"그럼 다음 주 토요일이나 일요일 어때요?"

그래도 약속을 확실히 해두려고 물어보자 선배가 미안해하는 표정을 지었다.

"미안. 매주 주말에는 일이 있어서……, 좀 어려운데."

마음이 술렁댔다. 그 일이란 게 뭘까. 나와의 만남을 연애 놀이로 제한하려는 것과 관계가 있는 걸까.

"그렇군요……. 무슨 일인지 물어봐도 돼요?"

"고등학교 때부터 제일 친하게 지내는 친구가 있는데 주말에는 그 친구를 만나. 지금은 대학 입시를 준비 중이라 학원에 다니고 있거든. 그래서 주말에 공부를 가르쳐주기도 하고……. 사실 매주 만나는 건 아니지만, 가능하면 일정을 비워두려고."

와타야 선배의 고등학교 때 친구. 그 대답을 듣고 안심했다.

고향 선배에게도 들은 적 있다. 와타야 선배는 그 친구를 매우 소중히 여기고 있으며 지금도 자주 어울린다고 했다.

와타야 선배와 가장 친한 친구라니 어떤 사람일까. 대학 입시를 준비하는 재수생이라는 건 알았지만 순수하게 관심이 솟구쳤다. 무심결에 또 묻고 말았다.

"어떤 분이에요? 선배 친구는."

"어떤 사람이냐고? 음, 엄청나게 예뻐. 머리가 길고 여성스럽기도 하고. 그런데도 전혀 우쭐대지 않고 말이지. 꾸밈이 없고 성격도 좋아. ……나하고 달라서 누구에게나 사랑받고."

선배가 약간 쓸쓸한 표정을 보였다. 사실은 그렇지 않을지 모르지만 적어도 내겐 그렇게 보였다.

"와타야 선배도 멋있어요."

그래서일까. 그런 표정을 짓지 않았으면 해서 나는 재빨리 말했다.

"모두 선배를 특별하다고 생각하는걸요. 선배랑 더 많이 이야기하고 싶어 할 거예요. 하지만 그, 선배는 예쁘니까……. 그래서 선배도 누구에게나 사랑받는 사람이에요. 음, 그래서……."

거기까지 말하다가 내가 너무 낯간지러운 말을 하고 있다는 사실을 깨달았다.

선배도 놀란 듯했다. 그러더니 다음 순간 부드러운 표정을 보였다.

"마음 써주지 않아도 괜찮아."

"아니, 사실이니까요."

"인간은 필터를 통해 세상을 보거든. 나루세는 필터가 순수한 거지. 약간 맹목적일지 모르지만."

확실히 사랑은 맹목적인 거라지만, 그렇다고 아무것도 보이지 않는 건 아니다.

학교 내에서 사람들이 와타야 선배를 특별하다고 생각하는 건 사실이니까.

외모만이 아니라 성격도 포함해서. 선배의 동급생들은 특히 그럴 것이다.

언뜻 보면 와타야 선배는 자유롭게 행동하는 것 같지만 실은 언제나 상대를 먼저 배려하는 사람이었다.

실제로는 누구보다 섬세하다. 타인의 마음속에 감춰진 미묘한 사정을 헤아리기에 다른 사람들과 어울릴 때는 그 자리를 즐겁게 하려고 무리해서라도 웃고 있는 게 분명하다.

며칠 전, 와타야 선배와 둘이 이야기하고 있는데 선배의 동급생이 말을 걸어왔다. 그때도 와타야 선배는 즐겁게 이야기하며 상대를 웃게 만들었다.

"선배는 누구하고도 친해질 수 있는 사람이네요."

그 사람이 가고 난 뒤 내가 그렇게 말하자 선배는 자신을 비하하듯이 웃었다.

"나는 사람이 무서워서 미움받지 않으려고 겉으로만 친하게 지내는 거야."

대답하자마자 와타야 선배가 눈썹을 올리며 표정을 바꾼다. 하지 말았어야 할 말을 무심코 내뱉은 모양인지 "농담이야"라면서 얼버무렸다.

선배의 속마음과 사람이라면 누구나 갖고 있는 나약함을 엿본 듯해서 나는 선배가 더욱 친근하게 느껴졌다. 더 좋아졌다.

하지만 이런 마음을 그 자리에서 솔직히 전하면 선배는 조건 위반이라며 이 가짜 연애를 그만둘지 모른다. 생각 끝에 나는 말했다.

"명색이 남자친구니까 필터니 뭐니 관계없이 선배의 좋은 점을 제대로 보고 있는 거예요."

좋아하는 마음은 말로 표현할 수 없어도 선배에 대한 경의라면 전할 수 있으니까.

"항상 선배를 더 많이 알고 싶고……. 그래서 그, 데이트도 해보고 싶어서……. 아, 아니요, 물론 친구분과의 일을 우선해야겠지만요."

다시 놀란 표정으로 선배가 나를 보았다. 잠시 후 쓸쓸하게 웃었다.

"또 그런다!"라고 말했다.

하늘로 시선을 옮긴 선배는 뭔가 망설이는 모습이었다. 할 수 없다는 듯 웃고는 벤치에서 일어섰다.

"주말은 어렵지만 오늘 오후 늦게는 괜찮아."

"예에? 그 말은……."

"데이트할까? 마침 보고 싶은 영화가 있었는데."

어떤 소망이든 우선은, 바라지 않으면 이루어지지 않는다. 그런 당연한 이치를 나는 안다.

운 좋게도 그날 늦은 오후부터 와타야 선배와 데이트를 하게 되었다.

우리는 각자 강의를 들은 뒤 도서관 앞에서 만나 함께 지하철역으로 향했다.

긴장한 탓인지, 전철에 흔들리며 목적지 역에 도착할 때까지가 눈 깜짝할 사이에 지나간 듯했다.

도심의 터미널 역 앞에 근사한 고층 빌딩이 서 있었고, 그 빌딩 위쪽에 영화관이 있었다.

바닥에 대리석을 깐 빌딩 아래층에는 고급 상점들이 즐비하게 늘어서 있었다.

"왠지 진짜 데이트 같네요."

엘리베이터를 타고 영화관으로 올라가며 그렇게 중얼거리자 선배가 웃었다.

"아니, 데이트 맞지."

어떤 영화를 볼지는 이미 정해두었다. 전에 이야기했던 니시카와 게이코의 소설이 영화화되었던 것이다.

선배가 영화를 예매해둔 덕에 바로 자리를 찾아 앉을 수 있었다.

평일 오후인데도 상영관 내에는 사람이 많았다. 과거에 여자친구를 사귄 적은 있지만 이렇게 데이트다운 데이트를 한 적은 없었다.

"그보다 제 것까지 입장권을 사줘서, 괜찮아요?"

영화가 시작되기를 기다리며, 어깨가 부딪힐 정도로 가까이 앉아 있는 선배에게 불쑥 물었다.

"내가 보자고 한 거니까 부담 갖지 마. 난 아르바이트도 하고 있고."

"아르바이트? 어디서 해요?"

"……엄마가 책 장정이라든가 디자인 관련 일을 하시거든. 서류 작업 같은 걸 돕고 있어. 고등학생 때부터 해온 거라 저축도 꽤 했고. 그래봐야 학생 수준이지만."

책 장정 등의 디자인 관련 일. 그럼 어머니가 디자이너라는 말일까.

선배가 가족에 관해 이야기한 것은 이때가 처음이었다. 어쨌든…….

"다음 데이트 비용은 내가 낼게요."

내가 그렇게 말하자 선배가 가만히 나를 바라본다. 코로 숨을 내쉬듯 웃더니 "응, 알았어"라고 대답했다.

잠시 후 스크린에 다른 영화 예고편이 떠올랐다. 영화가 시작되기 전에 소설 내용을 머릿속에서 다시 한번 되짚어보다가 문득 저자 후기가 생각났다.

원작의 후기에, 이 소설을 집필하기 전에 괴로운 일을 겪었다고 쓰여 있었다.

구체적인 내용이 나와 있지 않아서 궁금해 조사해봤지만 인터뷰에서는 그 일을 언급하지 않은 듯했다.

가족에게 불행한 일이 있었던 것 같다는 소문이 돌았으나 확실한 내용은 알 수 없었다.

후기를 떠올리며 생각에 빠져 있는데 영화가 시작되었다.

당시 저자의 심경이 반영되었던 걸까, 이야기는 아름답고도 슬펐다. 소중한 사람과의 이별이 주는 쓸쓸함과 괴로움, 그런 감정들을 삼키고 살아가는 일상의 강인함과 허무함이 그려져 있었다.

영화가 후반으로 접어들었을 무렵 나는 어떤 사실을 깨달았다.

옆을 돌아보자 선배의 눈이 스크린의 빛을 반사해 빛나고 있었다. 눈물이 눈동자에 막을 드리워 거기에 비친 빛이 어른어른 생물처럼 흔들리고 있다.

선배가 울고 있었다.

나는 놀라는 한편, 선배가 영화를 감상하는 데 방해되지 않도록 시선을 앞으로 돌렸다.

손수건을 건네줄까 싶어 주머니에 손을 가져갔지만 다림질하지 않아 후줄근하다는 데 생각이 미쳤다. 앞으로는 꼭 다림질해서 갖고 다녀야겠다.

그런데……. 당연한 일이겠지만, 선배도 우는구나.

이 사실이 무척 감동스러웠다. 그것은 학교 안에서는 알지 못했던 일이다.

다만, 영화는 아직 클라이맥스에 다다르지 않았다. 선배는 무엇에 감동한 것일까. 혹은 무엇에 슬픔을 느낀 것일까.

영화가 끝났을 때는 빌딩 창으로 밤하늘이 보이는 시간대가 되어 있었다. 지하 1층에 예쁜 카페가 있다는 선배의 말에 우리는 그곳으로 향했다.

조금이라도 더 오래 선배와 함께할 수 있다는 건 기쁜 일이었다. 카페에서 마주 앉아 저녁을 먹으며 영화에 대한 감상을 이야기했다. 선배는 소설뿐 아니라 영화도 좋아하는지 연출과 스토리 전개에 관해 열심히 이야기했다.

울었죠, 선배.

사실은 그 말을 하고 싶었다. 어느 장면에 감동했는지 혹은 슬픔을 느꼈는지 묻고 싶었다.

하지만 실례일지도 모른다. 우는 모습을 남에게 들키고 싶지 않겠지. 눈물을 흘리는 건 매우 개인적인 일이고, 그 이유는 다양할 테니까.

그런 생각을 하고 있는데 선배가 말했다.

"영화 포스터도 예뻤지? 사람보다 풍경이 주연 같고 말이야."

"그러네요. 일부러 피사계심도(초점이 맞은 것으로 인식되는 범위)를……."

반사적으로 잘 아는 듯 말이 튀어나와서 황급히 얕은 지식을 거둬들였다.

선배는 놀라면서도 흥미롭다는 듯이 나를 바라보았다.

"혹시 사진 좋아해?"

"아, 아뇨. 폼 잡으려고 어디선가 들은 적 있는 단어를 말해본 것뿐이에요. 사진은 찍는 것도 찍히는 것도 별로 안 좋아해서."

사진으로 화제가 넘어가는 바람에 눈물의 이유는 묻지 못했다. 그 대신 나는 웃으며 선배에게 말했다.

"그보다 약속, 잊으면 안 돼요. 다음 데이트비는 내가 낼 거니까."

"약속이라고 해도, 아직 어디서 뭘 할지도 정하지 않았는걸."

"자 그럼, 동물……. 아니, 놀이공……. 음. 수족관 같은 덴 어때요?"

"뭐가 자꾸 바뀌네?"

"동물원은 생각보다 냄새가 나고 놀이공원은 좀 머니까. 수족관이라면 평일에도 괜찮지 않을까 하고."

여기서 그리 멀지 않은 곳에 수족관이 있다.

대학 친구에게 듣기로는 이 시기에 나이트 아쿠아리움이라는 행사가 개최되어 밤늦게까지도 수족관을 연다고 한다. 분위기가 좋아서 데이트 장소로 인기가 많다고 말했다.

내 제안에 선배는 골똘히 생각했다.

"수족관이라……."

"싫어해요?"

"싫어하는 건 아니고."

쑥스럽지만 나는 선배와 하고 싶은 게 있었다.

여러 가지 생각해봤지만 수족관이 딱 맞을 것 같다. 선배가 싫어하지 않는다면 나는 선배와 손을 잡아보고 싶었다. 가능하다면 연인처럼.

"연애 놀이도 상관없으니까 저, 혹시 괜찮다면 수족관에서 데이트해요."

다만 이렇게 밀어붙여도 괜찮을지 고민이 되었다. 나도 모르게 목소리가 작아졌다.

그런 나를 배려해준 것일까. 다시 선배가 할 수 없다는 듯 입가에 미소를 머금었다.

"……알았어. 그럼 다음엔 그렇게 하지 뭐."

"정말? 괜찮아요?"

"괜찮아. 우린 일단 연인이니까."

다음 약속을 얻어낸 것이 기뻤다. 유별나게 좋아하는 나를 보고 선배는 표정을 부드럽게 풀었다.

그리고 나서도 한참 이야기를 나눴다. OTT로 본 영화 이야기며 마음에 드는 소설, 공통된 지인인 고향 선배 이야기 등을.

즐거운 시간일수록 빨리 지나가는 법인지 눈 깜짝할 사이에 밤 9시가 되었다.

카페를 나와 선배를 역 개찰구까지 배웅했다.

"그럼 또 봐."

"네, 조심해서 가요."

개찰구 앞에서 인사를 나누고는 선배가 가는 모습을 바라보았다. 뒷모습이 보이지 않을 때까지 그 자리에 서 있었다. 이렇게 배웅하는 일이 별것 아니긴 했지만 간지럽고 새콤달콤한 기쁨을 느꼈다.

나는 지하철역 플랫폼에서 전철을 기다리는 동안 메시지를 보냈다.

— 오늘 고맙고 즐거웠어요. 다음번 수족관 데이트도 기대할게요.

바로 읽음 표시가 떴다.

선배도 오늘 즐거웠을까. '나도 즐거웠어', '다음번도 기대할게' 하고 대답해줄까.

몇 분이 지나 전철이 들어왔다. 탈 때가 되어도 답장은 없었다.

이윽고 전철이 학교 근처 역에 도착했다. 나는 밖으로

나와 당장 스마트폰을 확인했다.

하지만……, 왜일까. 선배에게서 답장은 오지 않았다.

7

도루와 마오리가 처음 데이트한 장소는 벚나무 가로수 길로 유명한 공원이었다. 두 사람이 사귀고 나서 두 번째 맞는 토요일로, 계절은 초여름이었다.

마오리가 내게 상의하기는 했지만 첫 데이트에는 따라가지 않았다.

다만 이 데이트를 계기로 확실히 달라진 게 있었다.

도루가 마오리의 선행성 기억상실증을 알게 된 것이다. 그 사실을 알고 나서도 자신이 기억장애에 관해 알고 있다는 것을 일기에 남기지 말라고 마오리에게 부탁했다.

마오리의 정신 건강에 조금이라도 부담을 주고 싶지 않다는 이유로.

당시 나는 그 사실을 몰랐다. 나는 모르는 것투성이다.

하지만 나중에 다시 생각해보니 알 수 있었다. 그 데이트 다음부터 도루가 마오리를 대하는 태도가 확연히 달라졌기 때문이다.

도루는 나처럼 어딘가 냉담한 아이였다.

그런 아이가 마오리를 위해 방과 후, 학교 자전거 보관소에 방치되어 있던 자전거를 찾아내 수리했다. 마오리를 기쁘게 해주려고 도루는 마오리가 해보고 싶다는 일을 하나씩 이루어주기 시작했다. 인적이 뜸한 논두렁길에서 자전거 짐받이에 마오리를 태우고는 온 힘을 다해 페달을 밟았다.

도루는 절대 무리하거나 무모한 일을 할 사람이 아니었다.

소설을 읽고 집 안을 깨끗하게 정리해놓고 홍차를 우려내면서 조용히 살았다. 고등학교를 졸업한 뒤에는 공무원이 되겠다는 현실적인 계획을 세워놓았다.

그런 도루가 마오리를 기쁘게 하려고, 마오리가 써 내려가는 일기가 즐거운 기억으로 넘칠 수 있게 여러 가지 일에 도전했다. 마오리를 위해서 살아갔다.

도루 곁에서 마오리는 웃고 있었다. 아니, 마오리뿐만이 아니다. 도루도 웃고 있었다.

두 사람은 그때부터 서서히 연인으로서의 길을 걷기 시작했다. 두 번째 데이트다운 데이트 장소는 수족관이었다.

이때는 나도 함께 갔다.

나는 도루의 변화를 눈치채고 혹시 마오리의 비밀을 알고 있는 건 아닐까 생각했다.

하지만 나는 그날 우연히 도루의 비밀을 알게 되었다.

그날은 시내 터미널 역 앞에 있는 시계탑에서 만나기로 약속했다. 역에서 바로 연결된 쇼핑몰에는 큰 서점이 있었고 나는 약속 시간 전에 도착해 그 서점에 들렀다.

'니시카와 게이코 아쿠타가와상 후보작 발매 기념 사인회'

놀랍게도 당시 처음으로 아쿠타가와상 후보에 오른 니시카와 게이코의 사인회가 열리고 있었다.

서점을 나와 약속 장소로 향했다. 얼마 후 나타난 도루는 어딘가 약간 이상해 보였다. 마오리는 아직 오지 않았다.

도루도 니시카와 게이코의 팬인 걸 알기에 사인회 얘기를 꺼냈다. 그러자……

"니시카와 게이코가 우리 누나거든."

그래서 나는 도루에게 여섯 살 위인 누나가 있다는 것, 그 누나가 바로 니시카와 게이코라는 사실을 알게 되었다.

도루의 어머니가 돌아가신 뒤 누나가 어머니를 대신해 어린 도루를 보살펴주었다고 한다. 아내의 죽음에 충격을 받아 현실에서 도피해버린 아버지 대신, 모든 집안일을 도맡아 했다.

누나는 소설을 쓰는 데 재능이 있었다. 10대 때 유명한 문학상의 최종 심사에 올랐을 정도다. 하지만 도루와 아버지를 위해 소설가의 꿈을 포기했다.

그런 누나에게 소설가의 길을 걷게 한 사람이 도루였다.

아버지 뒷바라지를 포함해 집안일을 전부 자신이 하겠다고, 고등학생이 될 때까지 집안일과 요리를 배우고 누나를 자유롭게 해주었다.

그 결과 누나는 독립해 자신의 길을 걸었고 마침내 아쿠타가와상 후보 작가가 되었다.

"그래…… 뭐, 사정이 있겠지. 알았어. 우리는 신경 쓰지 말고 만나고 와."

도루는 우리와 만나기 전에 우연히 서점에 들렀다가 누나와 재회했다고 말했다. 사인회가 한창 진행 중이라 이야기를 나눌 수 없어서 사인회가 끝나고 다시 만나기로 약속했다고 설명했다.

"마오리한테는 내가 잘 말할 테니까 걱정 마. 도시락도 우리가 맛있게 먹을게. 너희 누나가 니시카와 게이코란 거 마오리한테 말해도 돼?"

"그건 괜찮아. 어디 가서 떠들고 다닐 애도 아니고, 뭣보다 내 여자친구니까."

"여자친구란 말이지……. 처음엔 서로 장난이라든지, 그런 이유로 사귀는 건가 했는데, 가미야, 요새 어째 진짜가 된 것 같아. 마오리를 기쁘게 해주려고 해. 내 눈엔 약간 너무 신경 쓰는 것 같기도 한데."

도루는 수족관 데이트를 위해 도시락 3인분을 준비해 왔다. 도시락 바구니를 건네받은 뒤 나는 떠보듯 말했다.

마오리의 기억장애를 아는 게 아닌가, 생각했기 때문이다.

북적이는 인파 속에서 우리는 서로 바라보았다.

"히노한테 말하면 안 돼."

그렇게 말하더니 도루는 진지한 표정과 말투로 덧붙였다.

"난 진짜로 히노를 좋아해. 무슨 당연한 소리를 하나 싶을지도 모르지만 진짜로 좋아하거든. 그러니까 내가 할 수 있는 일이면 뭐든 해주고 싶어. 아니, 해준다는 건 오만한 말이네. 하고 싶어. 히노가 기뻐할 일이면 뭐든 하고 싶어. 그렇게 생각하고 있어."

도루의 눈빛은 처음 만났을 때와는 달랐다. 마오리를 생각하는 진지한 마음이 깃들어 있었다.

그 사실을 절실히 느끼며 나는 도루에게 물었다.

"왜 그걸 마오리한테 말하면 안 되는데?"

"그야 당연히 창피하니까 그렇지."

"그런 사이도 아니잖아. 가미야, 너 혹시……. 아는구나, 마오리에 대해서."

그 눈동자는 고요하고 흔들림이 없었다.

"응, 알아."

"어떻게 아는 거야? 마오리가 얘기했을 리는 없을 텐데."

"아냐, 히노한테 들었어. 그런데 내가 그걸 수첩이나 일기에 쓰지 말라고 부탁했어. 오늘의 히노는…… 내가 기억 장애에 대해 안다는 걸 몰라."

그 말을 듣고 내가 놀라자 도루는 가볍게 웃었다.

"내가 안다는 것도 말하면 안 돼."

누나를 만나기 위해 도루가 자리를 떠나고, 약속 시간이 되자 마오리가 왔다.

나는 도루와 누나의 일을 마오리에게 설명했다. 그리고 둘이 수족관으로 향했다. 도루를 기다리면서 마오리와 수족관을 돌아다녔다.

그 무렵에는 이미, 마오리를 도루에게 빼앗길지 모른다는 유치한 질투를 더 이상 하지 않았다.

나는 바로 안과 밖을 구별한다. 도루는 그때까지 밖에 있었다. 친해졌어도 경계는 완전히 풀지 않았다. 그러던 것이 그날, 달라졌다.

기억장애를 알고 있으면서도 마오리를 즐겁게 해주려는 도루를, 나는 다시 봤다. 그리고 어느 사이엔가 도루를 안쪽으로 들여놓았다.

점점 셋이 함께하는 데, 셋이 노는 데 기쁨을 느꼈다. 또 다른 주에는 셋이 놀이공원에 갔다. 여름방학에는 셋이 모여 아쿠타가와상 수상작 발표를 인터넷 생중계로 함께 지켜보았다. 니시카와 게이코의 수상이 확정되었을 때는 모두 함께 기뻐했다. 우리는 셋이었다. 거기에는 든든하고 만족스러운 행복이 있었다.

하지만 셋이라는 사실에 기쁨을 느낀 사람은, 사실 나 혼자였을지 모른다.

도루와 마오리는 어느새 점점 둘이 되어갔다. 이렇게 말하는 건 이상할지 모르지만, 내게는 그랬다. 세 사람이라는 의미가 옅어져 갔다.

마오리에게는 도루가 있으면 됐고, 도루에게는 마오리가 있으면 되었다.

그건 당연했다. 두 사람은 연인이니까.

여름방학의 마지막 날, 두 사람이 불꽃놀이 축제에 함께 가자고 말했을 때는 슬쩍 사양했다.

언젠가 셋이 축제에 가게 될지도 모른다는 생각에 실은 유카타를 준비해두었었다. 솔직히 약간 기대하고 있었다.

하지만 나는 필요 없다. 연인인 두 사람에게 방해만 될 뿐이다.

나는 그저 친구 A로, 절친으로…… . 약간, 그 당시에는 나조차 깨닫지 못할 정도로 아주 약간 도루를 좋아하기 시작한, 연애 경험 없는 여자애였다.

불꽃놀이 축제 날 밤, 나는 혼자 집에 있었다. 창밖으로 불꽃놀이 축제에서 쏘아 올린 불꽃이 작게 보였다.

의미는 없지만 유카타로 갈아입고 나는 혼자 하늘을 수놓은 불꽃을 바라보았다.

두 사람은 분명, 저 불꽃을 가까이에서 보고 있겠지. 손을 잡고 연인으로서 함께하겠지.

그런 생각을 하며 여름이 끝나감을 느꼈다.

그것이 나의 열일곱 살이었다.

8

내가 실수라도 한 것일까. 아니면 내 착각일까.

소심하게도 와타야 선배에게 메시지 답장이 오지 않은 것이 신경 쓰였다.

나 혼자 들떴을 뿐이고 선배는 나를 귀찮아할지도 모른다. 그렇게 생각하자 왠지 두려워졌다.

다만 내 망상이 지나친 것일 뿐일지도 모른다. 선배와 학교에서 만나면 여느 때처럼 이야기를 나눴기 때문이다.

하지만 첫 데이트 이후, 한창 이야기를 나누다가도 선배는 멍하니 있곤 했다. 무언가를 골똘히 생각하는 것처럼 보였다. 오늘도 그랬다.

"선배, 괜찮아요?"

"응? 아, 응. 미안."

말을 걸면 선배는 웃음을 짓는다. 말 그대로, 만든 느낌이 드는 웃음이었다.

"혹시 잠 못 잔 거 아녜요? 전에도 도서관에서 잠들었었 잖아요. 피곤한 거 아닐까?"

"아아, 그건 전날 밤에 늦게까지 글을 쓰느라 수면이 부족했을 뿐이야."

"글이라면, 리포트요?"

"아니. 개인적인 거라고 해야 하나, 좀 기한이 있어서……. 어쨌든 지금은 잘 자니까 걱정 마. 다만 조금 생각할 일이 있어."

그것은 나와의 일일까? 걱정이 되어 몸이 굳어졌다. 물어보려 했으나 파고들 용기가 없다.

"저, 나라도 힘이 될 만한 일이 있으면 거리낌 없이 말해 줘요."

그 대신, 나도 모르게 다른 이야기를 하고 말았다.

선배가 아무 말 없이 나를 바라본다. 왠지 서글픈 듯 웃었다.

"괜찮아. 넌 정말, 그렇구나. 다정하……."

선배가 말을 하려다 말고 입을 다물었다. 의미를 묻듯이 바라보자 "아니, 아무것도 아냐"라고 말을 거두었다.

결국 나는 메시지 답장을 포함해 선배와의 일을 너무 깊이 고민하지 않기로 했다. 와타야 선배가 그것을 원치 않을 거라고 생각했기 때문이다. 그렇다면 괜히 걱정해봐야 소용없다.

하지만 어쩌면 더 확실하게 그 일을 생각했어야 했는지 모른다.

와타야 선배와 수족관에 간 것은 다음 데이트 약속을 하고 2주 뒤였다.

전과 마찬가지로 강의가 끝난 뒤에 만나서 지하철을 타고 수족관으로 향했다.

나이트 아쿠아리움은 오후 5시부터 열린다고 한다.

밖에는 쓸쓸한 오렌지빛 노을이 하늘에 소용돌이를 만들고 있었지만 수족관 건물 안으로 들어서자 환상적인 조명으로 꾸며진 공간이 우리를 맞이했다. 완전히 어른을 대상으로 꾸며진 곳이었다.

"우와, 분위기 엄청 좋네."

선배와 둘이 관내를 걷는다. 생각보다 분위기가 좋아서 의외로 긴장이 되었다.

주변에는 온통 커플이었다. 사이좋게 손을 잡고 수조를 들여다본다.

나는 오늘 선배와 손을 잡을 수 있을까, 생각했다. 실제로 선배의 희고 섬세한 손가락에 시선이 갔다. 하지만 막상 손을 내밀기가 망설여진다.

"왜 그래? 아무 말도 안 하고."

"아, 아뇨……. 기, 긴장한 것뿐이에요."

그렇게 대답하면서 다시 반사적으로 선배의 손을 쳐다보았다. 선배도 내 시선을 알아차린 것 같았지만 별다른 말은 하지 않았다.

"모처럼 왔으니까 즐겁게 보내야지. 저리로 가보자."

선배는 간접조명이 비추는 통로를 익숙하게 지나갔다. 전에도 온 적 있는지 묻자 "딱 한 번 와봤어. 고등학생 때"라고 대답했다.

고등학생 때라면, 전 남자친구와 왔던 걸까. 미세하게 가슴에 통증을 느끼며 형형색색의 물고기가 헤엄치는 모습을 둘이서 감상했다. 얼마 후 선배가 어떤 수조 앞에 멈춰 섰다.

커다란 물고기 한 마리가 헤엄친다기보다 물속을 우아하게 날아가고 있었다.

"가오리군요."

"어딜 봐도 가오리지."

"……가오리, 먹을 수 있나?"

"나루세, 수족관에서 꽤 용기 있는 발언을 하네. 여기 사람들이 들으면 놀라겠어."

선배가 놀려서 당황했다. 그러고 보니 조심성이 없었는지 모른다.

당황하는 나를 보고 선배가 웃었다. 선배가 웃으니 기뻤지만 그 표정이 오래 계속되지는 않았다. 다시 시선을 수조로 돌리고는 툭 내뱉었다.

"이 아이는 아직도 있구나."

또……. 선배가 한순간 현재에서 모습을 감췄다. 무언가를 덧없이 여기고 있었다.

고등학생 때 이 수족관에 와봤다고 했는데, 그 사이에 뭔가가 달라졌다는 뜻일까?

선배가 입을 꼭 다문 채 다음 수조로 걸어갔다. 나는 그 뒷모습을 아무 말 없이 그저 바라보았다.

이윽고 해가 기울어 하늘이 어두워졌다. 야외에서 열리는 돌고래 나이트쇼 시간이 되었다.

생각보다 관객이 많았다. 관내와 마찬가지로 간접조명이 차분한 빛을 비추어, 파란 하늘 아래에서 보는 돌고래 쇼와는 정취가 완전히 달랐다. 그런 분위기에서 쇼가 시작되었다. 수많은 커플 속에 섞여 와타야 선배와 함께 돌고래가 튀어 오르는 모습을 바라보았다.

눈앞에 앉은 남녀가 가만히 손을 잡았다. 그 모습을 보고 내 손이 움찔거렸다.

너무 뻔뻔하진 않을까. 불쾌하게 여기진 않을까. 긴장하면서도 과감히 와타야 선배의 손을 잡았다.

어디선가 읽은 적이 있다. 사랑은 죽을 것 같은 애절함이며 상대의 손을 잡아보고 싶다고 갈망하는 마음이라고.

그리고 연애의 가장 큰 행복은 거기에 있다고.

옆에 있던 선배가 나를 쳐다본다. 미소를 지으며.

아차……, 싶었을 땐 이미 선배의 손이 빠져나갔다. 그 사이에 선배는 돌고래쇼로 시선을 돌렸다.

순간적으로 반성과 후회가 밀려왔다. 미안하다고 사과하려 했지만 바로 말이 나오지 않았다. 쇼가 끝나고 나서 서둘러 사과했다. 선배는 따뜻하게 웃으며 고개를 좌우로 흔들었다.

"이제 슬슬 갈까?"

선배의 말에 공연장을 빠져나왔다. 너무 미안하고 나의 무신경함과 뻔뻔함이 한심해서 아무 말도 할 수 없었다.

수족관을 나오자 저녁 7시 반이 지나 있었다.

"저기……, 벌써 시간이 이렇게 됐으니 괜찮으면 저녁이라도 먹고 가지 않을래요?"

솔직히 거절당할 거라고 생각했다. 그럴 정도의 실례를 범한 거다.

하지만 선배는 "좋아"라고 흔쾌히 대답했다. 평소처럼 아주 자연스럽게.

스마트폰 길 찾기 앱을 켜고 식당을 찾아 걸어갔다.

창이 크고 공간이 탁 트인 이탈리안 레스토랑이 근처에

있었다. 저녁은 이곳에서 먹고 싶다고 미리 생각했는데 마침 운 좋게도 자리가 있었다. 테이블에 마주 보고 앉아 셋이 음식을 주문했다.

오늘 새삼 깨달았다. 나는 한심할 정도로 미숙하다. 경험이 부족하고 여유도 없다. 특히 와타야 선배 앞에서는 금세 자신감을 잃고 만다.

내 행동을 되짚어보면서 실감한다. 그렇게 여유가 없어질 정도로 나는 이 사람을 좋아한다. 와타야 이즈미라는 눈앞의 여성을. 내가 가만히 바라보고 있자 선배가 내 시선을 눈치채고 물었다.

"왜 그래?"

"아니, 그냥⋯⋯. 예뻐서."

"응?"

"아, 아니, 경치가요. 그래서, 저⋯⋯. 야경도 예쁜 곳이네요, 여기. 하하."

내가 어색하게 웃자 "뭔 소리야!"라며 와타야 선배가 재밌다는 듯 웃었다.

이 대화를 계기로 선배와 다시 평소처럼 이야기할 수 있었다. 선배가 놀리고 나는 당황한다. 그리고 선배가 웃는다. 우리는 음식을 먹었다.

나는 줄곧 가슴이 두근두근했다. 이렇게 긴장과 기쁨 사이를 오가는 것이야말로 연애의 묘미일지 모른다는 생각이 들었다. 설령 그것이 연애 놀이라 할지라도 선배와 더 많은 시간을 함께 보내고 싶다.

연애 놀이가 가짜일지언정 무언가가 시작되는 계기가 될 수 있으니까.

가짜를 반복하다가 진짜가 될지도 모르니까.

그러니까…….

"미안. 사귀는 거 그만두자."

느닷없이 이런 선배의 말을 들었을 때 나는 그 의미를 이해할 수 없었다.

웃으며 이야기했다. 분위기도 나쁘지 않았다. 그런데 갑자기 선배가 조심스럽게 미소를 보이며 그렇게 말했다.

행복으로 가득 차 있던 내 심장의 고동이 별안간 차갑고 격렬하게 바뀌었다.

지금, 선배가 무슨 말을 한 거지?

잘못 들은 건지도 모른다. 말을 잘못 이해한 건지도 모른다.

긴장한 내가, 단어를 이상한 의미로 잘라냈을 가능성도 있다.

"아, 지, 지금 뭐라고……."

"우리, 사귀는 거 그만두자. 연인……, 그만하자고."

하지만 잘못 들은 게 아니었다. 말 그대로 연인 관계를 끝내자는 뜻이었다.

순간 세상이 무거워졌다.

조금도 신경 쓰이지 않던 레스토랑의 소음이 갑자기 귀에 들어와 꽂혔다. 나이프와 포크가 그릇에 부딪히는 소리, 커플들의 즐거운 대화 소리, 홀에서 일하는 직원들의 목소리.

그때까지 내 세계는 와타야 선배로 가득 차서 이런 소리들은 전혀 신경 쓰이지 않았다.

그 세계가 지금, 사라졌다.

"왜, 어째서요? 오늘 내가 무례한 행동을 해서……."

어떻게든 이유를 알려고 묻자 와타야 선배가 고개를 가로저었다.

"아니, 그건 아냐. 요즘 계속 생각했거든."

"뭘 생각했는데요?"

"넌 나를 정말 좋아하잖아."

지금 달리 어찌할 수 없는 선택지가 눈앞에 놓인 듯했다.

그렇다고 인정하면 조건에 위반된다.

아니라고 대답하면 그건 명백한 거짓이다.

나는 이렇게도 선배를 좋아하는걸.

어떻게 하면 좋을까. 어떻게 하면 원래대로 되돌릴 수 있을까? 어떻게 해야 선배와 계속 연인 관계를 유지할 수 있을까?

선배의 질문에 대답하지 못하고 나는 고개만 떨구었다.

무슨 말인가 해야만 한다는 것은 알았다. 그러지 않으면 이대로 끝나고 마니까.

"선배는 왜 나랑……, 사귀었던 거예요?"

그런데 입에서 나온 건 이렇게 나약한 말이었다. 헤어지자는데 그냥 받아들일 수밖에 없다는 듯한.

"미안. 사실은 나도 잘 모르겠어."

나도 모르게 고개를 들었다. 선배가 얼굴에 애잔하고 슬픈 빛을 띠었다.

"잊을 수 없는 일이 있어서……. 하지만, 잊어야 한다는 건 아니까. 연애 놀이를 하면 그게 전부, 해결될지도 모른다고 생각했나 봐. 서로 깊이 들어가지 않고 표면적인, 그저 즐겁기만 한 연애를 하면."

단지 즐겁기만 한 연애. 그것이 선배가 원하는 형태이고, 내가 한 행동은 달랐던 것일까.

어쨌든······.

"그럼 지금부터라도 그렇게 해요. 단지 즐거울 뿐인 연애를. 내가 조심하기만 하면 되는 거죠? 선배에게 깊이 들어가지 않고, 그렇게."

나는 필사적이었다. 그래야 할 이유가 있었기 때문이다.

하지만 내 간절한 바람은 닿지 않았다.

"그만두자. 처음부터 안 되는 거였어. 이렇게 될 줄 언제부턴가 알고 있었어."

"아······."

"게다가 처음에 내가 말했지? 다정한 남자가 싫다고."

다정함은, 아무것도 갖지 못한 내가 최소한 지녀야 하는, 무언가였다.

하지만 선배 앞에서는 그것이 불필요했던 것이다. 아니, 오히려 걸림돌이었다.

"다정한 사람이 왜 싫어요?"

나는 약간 충격을 받아 선배에게 물었다. 선배는 망설이지 않고 대답했다.

"다정한 사람은 좋은 사람이잖아. 그런 사람은······, 일찍 죽으니까."

그게 선배의 본심인지, 아니면 그저 나를 단념시키려고

한 말인지는 알 수 없다.

아는 건, 지금의 나는 어떻게 해도 선배와 사귈 수 없다는 사실이었다.

내가 아무 말도 하지 않자 선배가 일어섰다.

"지금까지 사귀어줘서 고마워. 내 멋대로 휘둘러서 미안. 하지만 즐거웠어."

선배가 테이블 위에 놓인 계산서를 집어 들었다.

"오늘까지 사귀어준 데 대한 사례. 그럼 가볼게"라고 웃는 표정으로 말하더니 내가 대답할 틈도 주지 않고 그 자리를 떠났다.

나 홀로 그곳에 남겨졌다.

계산을 마친 선배는 문을 열고 가게를 나갔다. 나는 의자에 앉아 무언가가 끝나가는 소리를 들었다.

창을 바라보니 밖의 어둠을 배경으로 창유리에 밝은 가게 안이 비치고 있었다. 그 유리에 내 모습이 보였다. 선배의 진짜 모습을 하나도 모르는 내가 있었다.

얼마 안 있어 여름방학이 시작되었고 그 여름도 눈 깜짝할 사이에 끝이 났다.

그 사이에 선배와는 한 번도 이야기하지 못했다.

2장

모르는 그녀의, 알 수 없는 그녀

1

8월 12일 (일요일)

집에서 아침: 이상 없음. 미술 학원 숙제 등.

낮부터: 3시에 이즈미와 카페에서 만나 차를 마심.

집에서 밤: 이상 없음. 계속 미술 학원 숙제를 함.

이즈미와의 일: 역 앞 카페에서 3시에 만나 차를 마셨다(당일의 음식점과 메뉴는 '음식점' 항목 참조).

대학교 1학년인 이즈미는 요즘 여름방학 기간이다. 그 여름방학이 꽤 길어서 시간이 남아돈다고 한다. 대학생에게는 대학생의 고민이 있는 모양이다. "난 매일 여름방학인걸"이라고 농담을 했더니 "마오리는 초등학생 때의 꿈을 이룬 거야" 하고 웃었다.

내 현재 상황을 말해주었다. 기억장애는 아직 나을 조짐이 보이지 않지만 그래도 그림을 그리는 게 즐겁다. 미술 학원에서 그리고 있는 그림을 보여줬더니 이즈미가 칭찬해주었다.

이즈미가 하고 싶은 일이 없느냐고 물었다. 생각한 끝에 내일모레는 이즈미와 함께 노래방에 가기로 했다. 하지만 그날의 내가 가고 싶지 않다면 당일에 변경할 수도 있다. 이즈미는 변함없이 다정하다.

모처럼 여름이니까 사랑도 하고 싶다고 농담을 건넸다. 이즈미가 듬직해 보이는 얼굴을 하더니 "그럼 아가씨, 저랑 사랑에 빠져보실래요?"라고 맞장구를 쳤다.

여느 때와 다름없는 우리의 즐거운 대화. 사랑 이야기도 했다. 대학에서 인기가 많지 않으냐고 물었더니 전혀 그렇지 않다고 대답했다. 하지만 그건 아마도, 거짓말.

과거의 우리도 늘 관심이 많았던 일이기에 어떤 이성을 좋아하는지 이상형을 물어봤다.

"알려줄 수 있지만 일기에는 쓰지 말아줘"라는 말을 들었다. 이즈미는 잠깐 생각하더니 "집안일을 못하는 남자"라고 대답했다. 이유를 물으니 "집안일을 잘하는 남자는 대충대충 하는 나랑은 궁합이 안 맞을 것 같아서"라고 말하며 웃었다.

오늘 새로 알게 된 사실은 '수첩'의 이즈미 항목에 몰래 적었다. 혹시나 몰라 여기도 적어둔다.

이즈미의 이상형: 집안일을 못하는 남자.

노트북에 써놓은 1년 전 일기를 다시 읽다가 나는 문득 고개를 들었다.

창밖에는 쌘비구름이 떠 있고, 아플 정도로 눈부신 햇살이 내 방으로 쏟아져 들어온다. 올해 봄, 나는 기억장애에서 회복되었다. 지금은 회복되고 나서 처음 맞이하는 여름이다.

어제는 잠자기 전에 아이스크림을 먹었다. 딸기맛 아이스크림인데 무척 맛있었다.

당연하게도 나는 어제의 일을 기억할 수 있다. 히노 마오리라는 나만의 인생을 쌓아갈 수 있다. 하지만 올봄까지만 해도 그렇지 못했다.

손에 든 노트북에는 고등학교 2학년이던 해 5월부터 졸업할 때까지에 더해 졸업 후 약 1년 동안의 날들이 일기와 메모로 남아 있다.

등장인물은 주로 두 명이다. 나와 절친인 이즈미. 새로운 누군가가 등장하지 않고, 반대로 줄어드는 일도 없이, 나와 이즈미 두 사람의 나날이 그곳에 있다.

지금 읽고 있는 부분은 고등학교를 졸업하고 나서의 일기다. 그 시기에 나는 느긋하게 하루하루를 보내며 취미로 미술 학원에 다녔다. 입시 학원에도 대학에도 다니지 않은 데는 이유가 있다.

나는 고등학교 2학년 골든위크 중에 사고를 당했고 그로부터 약 3년 동안 기억장애를 겪었다.

선행성 기억상실증이라는 병명을 가진 특수한 기억장애로, 쉽게 말하면 사고 이후의 기억을 쌓아갈 수 없게 된 것이다.

다행히 이런 상황에서도 이즈미가 곁에 있어 주었다.

이즈미의 도움과 학교의 배려로 고등학교를 계속 다니고 졸업할 수 있었다.

그리고 장애에서 회복된 지금은 재수생이 되어, 다른 친구들보다 2년 늦게 대학 진학을 목표로 하고 있다.

일기를 읽고 있는데 스마트폰 벨소리가 울렸다. 이즈미라는 표시가 떠올랐다.

"마오리! 잘 지냈어?"

전화를 받자 내가 너무나 좋아하는 친구의 목소리가 들려왔다. 그것만으로도 웃음이 절로 나온다. 하지만 나는 그 순간 화들짝 놀랐다. 내 안에서 무언가 심각한 기운이 느껴져 숨을 삼켰다.

중요한 무언가가 내게는 부족하다. 결정적으로 뭔가가 결여되어 있다. 왜일까. 왜.

"……이즈미. 할 말이 있어. 뭔지 모르겠는데, 그래서 너무 난감해서."

"왜, 마오리?"

숨을 내쉬었다가 깊이 들이마셨다. 그리고…….

"나, 나……. 여름방학인데 남자친구가 없어!"

농담을 던졌다. 지금까지 한 번도 남자친구를 사귀어본 적 없는 내가 여름에 맞춰 온 힘을 다해 짜낸 농담이었다.

전화기 저편에서 아무 말이 없던 이즈미가 몇 초 후에 말을 꺼냈다.

"오늘은 다른 각도로 공격해오네."

"아니, 맨날 '사흘 전 저녁에 뭘 먹었는지 생각이 안 나' 라고 같은 소리만 하니까 네가 지겨울까 봐 오늘은 머리 좀 써봤어."

의도적으로 높였던 긴장감을 한껏 누그러뜨리고 웃었다. 이런 건 상대가 이즈미이기에 몇 번이고 반복할 수 있는 대화 코드다. 아침에 이즈미에게서 전화가 걸려 오면 나는 예전에 겪었던 선행성 기억상실증을 흉내 내 농담을 하고는 한다. 조심성 없는 행동일지 모르지만 그렇게 나는 과거의 장애를 웃으며 얘기할 수 있게 되었다.

안타깝게도 기억장애가 한창 진행 중이었을 때의 기억은 다시 돌아오지 않았다. 가끔 무언가가 생각날 듯 말 듯 할 때가 있다. 하지만 그 기억은 깨어나지 못한 채 내 안에 잠들어 있다. 그래도 슬퍼할 필요는 없었다. 소중한 것은 전부 노트북 안에 쓰여 있을 테니까. 모든 데이터가 그곳에 보관되어 있으니까.

무엇보다 내게는 절친인 이즈미가 있으니까.

"미안해. 이즈미. 늘 이상한 얘기나 하고."

"괜찮아. 마오리의 농담이 듣고 싶어서 전화할 때도 있는걸."

"농담인 동시에 비통한 절규이기도 합니다."

"뭐야. 마오리, 누군가랑 사귀고 싶은 마음도 없으면서."

"그건 그래. 왠지 몰라도 희한하지?"

오늘은 이 전화 상대인 이즈미와 낮부터 데이트하기로

했다.

짧긴 하지만 입시 학원도 여름방학 기간이라 함께 점심을 먹고 옷 가게, 잡화점, 서점을 다니며 기분 전환을 할 계획이다.

"근데 마오리, 오늘 뭐 입고 나올 거야?"

"이즈미가 턱시도니까 거기에 맞춰서 웨딩드레스를 입을까 해."

"드레스 자락 밟고 넘어지지 마."

고등학생 때부터 그랬다. 우리의 대화에는 농담이 끊이질 않는다. 옷이나 소지품이 겹치지 않도록 미리 상의하고 나서 전화를 끊었다.

약속 시간에 늦지 않게 준비를 마치고 집을 나섰다.

내가 다니는 입시 학원 근처에 분위기가 좋아 보이는 이탈리안 레스토랑이 있다. 그 앞을 지날 때마다 궁금했는데 오늘 그 가게를 예약했다.

역으로 걸어가며 머리 위를 올려다봤다. 쌘비구름이 떠 있는 하늘은 끝도 없이 푸르고, 반짝이는 햇빛이 쏟아진다. 푸른 하늘을 계속 바라보고 있는데 앞쪽에서 즐겁게 웃고 떠드는 목소리가 들려왔다.

나도 모르게 그곳을 쳐다봤다. 고등학생쯤 되려나. 남

자애와 여자애가 2인용 자전거를 타고 한껏 신난 목소리로 재잘거리며 내 옆을 지나쳐 갔다.

순간, 과거가 무언가를 내게 보여준다. 무언가를 내게 들려준다.

"달려라, 달려! 야호!"

어라…… 이건 뭐지……?

언젠가의 내가 자전거 짐받이에 올라탄 채 그렇게 소리를 지른 것 같았다.

교복을 입고 자전거 페달을 밟는 남학생의 등도, 한순간이지만 보인 것 같다.

누굴까, 골똘히 생각해봤지만 짐작이 가지 않았다.

아마 이즈미의 등을 착각한 거겠지. 고등학교 때 쓴 일기에도 이즈미와 둘이 자전거를 탔다는 이야기가 있었다.

무언가가 떠오를 것 같으면서도 더 이상 떠오르지 않았다. 나는 다시 역을 향해 걷기 시작했다.

레스토랑에는 예약 시간에 맞춰 도착했다. 점원에게 예약자 이름을 대자 이미 일행이 와 있다고 말했다. 자리를 안내받아 그쪽으로 걸어갔다.

"어머? 웨딩드레스 안 입었어?"

의자에 앉아 있던 이즈미가 나를 보곤 웃음 지었다. 메시지는 매일 주고받지만 학원에서 여름 특강을 듣느라 바빠 이렇게 만나는 건 2주 만이다.

"수험생이라 넘어지면 운이 달아나니까."

"뭐야. 이따 갈아입으려고 턱시도 준비했더니."

"아쉬워라. 피로연은 보류네."

마주 웃으며 자리에 앉았다. 잠시 후 점원이 런치 메뉴판을 가져다주었다. 긴장한 상태로 점심 특선 코스를 골랐다. 조금은 어른이 된 기분이었다. 이즈미는 나와는 대조적으로 침착했다.

"대학교 2학년이 되면 이탈리안쯤은 보통인가요?"

"그런 거 아니야. 대학 친구들이랑은 평범한 술집만 가는걸."

"그래? 근사한 레스토랑에는 별로 안 가는구나."

"내가 그런 데서 데이트하는 건 마오리를 만날 때뿐이야."

그렇게 말한 이즈미가 윙크를 하기에 즐거워서 웃음이 터져 나왔다.

한창 수다를 떨고 있는데 애피타이저가 나왔다. 사진을 찍기도 하고 깍깍 떠들면서 점심을 먹었다.

이윽고 화제는 내 공부 이야기로 넘어갔다. 지망하는 대학과 이즈미가 다니는 대학에 관해서도 이야기했다.

"이즈미는 지금도 대학에서 남친 안 만들었어?"

내가 묻자 이즈미가 살짝 눈썹을 올리더니 어색한 미소를 보이며 대답했다.

"마오리랑 달라서 난 인기가 없거든. 연애 경험도 없고."

"또 그런다. 나야말로 누구하고도 사귄 적 없는걸. 사랑한 경험도 없고."

"……넌 고백받아도 늘 거절했으니까."

"이즈미도 똑같지. 고등학교 1학년 때 2학년 선배에게 고백받았잖아."

"아, 맞다. 그런 일이 있었지. 생각나."

"나는 의외로 아직 최근의 일이니까. 똑똑히 기억해."

이즈미는 자신을 냉담하다든가 무슨 생각을 하는지 모르겠는 사람이라며 곧잘 비하한다.

하지만 나는 이즈미가 누구보다 따뜻하고 인간미 넘치는 사람이라는 걸 안다.

그 증거로 선행성 기억상실증을 앓고 있을 무렵, 이즈미는 매일매일 즐겁게 살아갈 수 있도록 나에게 살뜰히 마음을 써주었다. 내가 하고 싶은 일을 이뤄주고 즐겁게 해주었다.

그로 인해 과거의 우리는 구원받았다. 이즈미에게 진심

으로 감사한다.

하지만 이즈미는 연애에 관심이 없는 듯 계속 남자친구를 만들지 않는다. 대학교에서도 고백을 받았을 거라고 생각하는데, 이즈미는 그런 일을 포함해 자신에 관한 걸 잘 말하지 않는다.

"이즈미, 넌 어떤 사람이 좋아?"

나는 궁금해서 오늘도 그만 묻고 말았다.

"또 나왔다. 그 질문."

"이제 겨우 세 번짼데 뭘."

"……뭐, 그렇긴 하지만."

실은 거짓말이다. 올봄, 기억장애가 회복된 뒤 물어본 건 세 번째지만, 그 전에도 같은 질문을 했었다. 고등학교를 졸업한 후에 쓴 일기에 다 나와 있다.

이즈미가 일기에는 기록하지 말라고 부탁한 모양이지만 과거의 나는 아무래도 궁금했던지 적어놓았다.

- 다정한 사람이 싫다.
- 집안일을 잘하는 사람과는 궁합이 안 맞는다.
- 요리를 잘하는 사람도 탈락.
- 눈치 빠른 사람도 싫다.

- 가족을 소중히 여기는 사람과는 맞지 않는다.

- 착실하지 않은 사람이 좋다.

일기와 수첩에 적어놓은 정보를 종합하면 이즈미의 이상형은 이런 느낌이다.

내 상상력이 빈약한 탓도 있지만, 이런 조건이라면 형편없는 사람밖에 해당되지 않을 것 같다. 아니면 가족이나 주변을 돌보지 않는 일 중독자 같은 사람이 좋다는 걸까?

하지만 오늘 질문에는 지금까지와는 다른 종류의 대답을 했다.

"연하가 아닌 사람이 좋아."

지금까진 나이에 관해서 말한 적이 없었기 때문에 놀랐다.

"그건…… 음, 왜?"

"응? 아, 왜 그럴까? 이미지려나."

"이미지?"

"응. 뭔가……, 연하남은 헌신할 거 같잖아. 순진하고 저돌적이고 말이야. 나한테는 그런 타입이 안 어울린달까, 아깝다고 할까……."

"혹시 학교에서 무슨 일 있었어?"

"아니아니. 그럴 리가 있나."

이즈미는 웃으며 얼버무렸지만 나는 알 수 있다.

대학교에서 연하의 남학생과 어떤 일이 있었던 거다.

털어놓지 않는다는 건 말하고 싶지 않다는 거겠지.

"마오리는 어때? 입시 학원에서."

"어, 나? 흐음. 남들이 보면 삼수하는 거나 다름없는 사람이니까. 나이 차이도 좀 나고, 아―무 일도 없어."

"못 말려. 요전번에 느닷없이 고백받았다더니 잘도 그런 소릴 하네."

그 뒤로도 이탈리안 음식을 음미하면서 이즈미와 즐거운 시간을 보냈다.

점심을 먹은 후 쇼핑을 하러 갔다. 이즈미는 보이시한 스타일을 좋아하고 나는 반대로 약간 여성스러운 스타일을 좋아한다. 매장에서 서로 좋아하는 스타일의 옷을 상대에게 입히고 그 모습을 사진으로 찍으며 즐거워했다. 이즈미가 어울린다고 말해준 바지도 구입했다.

잡화점도 구경했다. 둘이 함께 있으면 시간이 금세 지나간다. 차를 마시러 가기 전에 서점에 들렀다. 나는 참고서를 보러, 이즈미는 사고 싶은 책이 있다고 했다.

"아직도 진열되어 있어. 인기 엄청나네."

우리가 찾아간 서점에는 이즈미가 좋아하는 작가 니시

카와 게이코의 소설이 입구 매대에 놓여 있었다.

"영화도 호평이고 아직 상영 중이니까. 여름방학 동안에는 계속 진열되어 있지 않을까?"

이즈미는 그렇게 말하며 미소를 띠더니 대대적으로 홍보하고 있는 책 매대로 시선을 돌렸다. 저자의 사진도 함께 장식되어 있었다. 아름다운 사람이어서일까, 나는 왠지 뚫어져라 쳐다보았다.

"왜 그래, 마오리?"

"응? 그게, 아니라고는 생각하지만⋯⋯. 나 예전에 이 사람하고 만난 적 없지?"

"⋯⋯있지 않을까?"

"뭐? 거짓말!"

"잡지라든가 텔레비전에서."

방긋 웃는 이즈미를 보고 그녀의 농담에 걸려들었다는 것을 알았다.

서점에서는 헤어져 각자 필요한 것을 산 후 다시 만나서 근처 카페로 향했다.

한 손에 음료수를 들고 그곳에서도 신나게 수다를 떨었다. 서점에서 나는 예정대로 참고서를 구입했고, 이즈미는 소설을 몇 권 샀다.

그때 문득 어떤 사실이 떠올랐다.

"그러고 보니 이즈미, 소설 쓴다고 했지? 그건 어떻게 돼가?"

내가 묻자 이즈미가 약간 눈을 크게 떴다.

"어? 기억하고 있었어?"

"물론이지. 장애가 나은 후에 들은 말이고."

"아, 그건 그렇지만. 기억했다는 데 놀랐지 뭐."

이즈미가 그 사실을 내게 털어놓은 건 올해 골든위크 때였다. 집으로 놀러 온 이즈미가, 내가 기분 전환 삼아 그린 그림을 보고 혼잣말처럼 말했던 것이다.

"나도 마오리처럼 창작 계열의 취미를 찾아볼까 하다가……, 최근 소설을 쓰기 시작했어."

중학생 때 나는 미술부에 들어가 매일같이 그림을 그렸다. 하지만 고등학교에 올라간 뒤로는 공부하느라 바빠 동아리 활동도 하지 않고, 그림도 그리지 않았다. 그런 내가 기억장애를 계기로 다시 그림을 그리게 되었다.

선행성 기억상실증으로 아무런 기억도 쌓아갈 수 없다고 생각했지만, 실은 쌓을 수 있는 기억이 있었다. 바로 '절차 기억'이다.

절차 기억은 몸이 익힌 기억을 가리킨다. 이를테면 기

억상실증에 걸린 사람도 뇌가 아닌 몸의 감각에 뿌리내린 절차 기억으로 계속 자전거를 탈 수 있다.

기억장애를 겪던 와중에 그 사실을 알게 된 나는 무척이나 기뻐했다고 일기에 쓰여 있었다. 그 사실을 알아낸 이즈미에게 진심으로 감사하며 매일같이 그림을 그렸고, 조금씩 실력이 느는 데 만족했다.

장애에서 회복되어 입시 학원에 다니기 시작한 뒤로도 기분 전환 삼아 때때로 그림을 그린다. 그림을 연습하는 크로키북도 늘어갔다.

그 가운데 한 권을 본 이즈미가 자신도 최근에 소설을 쓰기 시작했다고 말해 나를 놀라게 했다.

"박식한 이즈미에게 딱 어울려."

내가 그렇게 말하자 이즈미가 겸손해했다.

"그런 건 아니고……. 내가 보는 잡지에서 신설한 상이 있는데, 그 상의 심사위원 중 한 명으로 니시카와 게이코 씨가 위촉되었어. 소설 말고도 사진이나 그림도 공모한다는데, 그래서……."

이즈미가 소설 이야기를 꺼낸 건 그때뿐이었다. 가능하면 더 듣고 싶었지만 쑥스러운지 이즈미는 이야기를 거기서 끝냈다. 하지만 나는 지금도 그 일을 확실히 기억한다.

대화를 나누다가 자연스럽게, 이즈미가 어떤 소설을 쓰는지 물었다.

"뭐, 별건 아니야. 아직 소설이라 부를 정도도 못 되고. 인상이나 사고의 정리를 대신하는 거라고 할지."

"정리를 대신하다니……. 혹시 주인공이 이즈미야?"

"아니, 나 아냐. ……짜증 날 정도로 다정한 애."

성별을 묻자 남자애가 주인공이라고 말했다. 자신과 같은 성별로 하면 의도치 않은 데서 너무 사실감이 드러나고, 감정선이 늘어질 것 같아서라고 대답했다.

이즈미는 그 이야기를 그다지 자세히 하고 싶지 않은 모양이었다. 하지만 아무래도 궁금해서 마지막이라고 여기고 다시 물었다.

"그 남자애는 마지막에 어떻게 되는데?"

이즈미가 아무 말 없이 나를 바라보더니, 마침내 눈동자 깊은 곳에서 슬픔이 배어 나오는 듯한 표정으로 대답했다.

"갑자기, 없어져."

이즈미와 나는 고등학생 때부터 친구로 지내왔다. 지금까지 함께해온 시간이 그리 오래되진 않았다. 어쩌면 마음을 나눈 절친이라 부르기엔 약간 주제넘을지 모른다.

그래도 나는 이즈미를 평생 친구라고 생각한다. 그녀만 큼 마음이 잘 맞고 함께 있으면 즐거우며, 존경하고 의지할 수 있는 사람은 없다.

하지만 내 기억이 지속되지 않았던 3년 동안 이즈미에게 내가 모르는 부분이 생겼다는 사실을 알아차렸다.

이즈미는 가끔 슬픈 얼굴을 한다.

가족 때문인지, 대학교에서 어떤 일이 있었던 건지 아니면 또 다른 일이 원인인지는 알 수 없다. 하기야 내 기분 탓일 수도 있지만…….

"그보다 마오리, 케이크 먹자. 많이 걸었더니 배가 좀 고프네."

내가 잠시 생각에 빠져 있자 이즈미가 환한 얼굴로 제안했다. 나는 이즈미를 바라보며 웃음 짓고는 고개를 끄덕였다.

"저기, 이즈미!"

"응, 왜?"

"우리, 계속 절친이지?"

"뭐? 갑자기 뭐야. 당연하지."

"그렇다면……. 절친이라는 이름으로 이즈미의 케이크, 한 입 줘."

"뭐야, 그런 꿍꿍이였어? 나도 마오리 거 한 입 먹을래."

이즈미와 카페에서 즐거운 시간을 보내고 날이 어두워지기 전에 헤어졌다.

집에 돌아오니 이즈미에게서 메시지가 와 있었다.

내용을 확인하고 슬며시 웃고 말았다. 오늘 함께해준데 대한 감사의 말과 함께 카페에서 둘이 찍은 사진을 보내왔다.

즐겁게 웃는 두 사람의 모습이 그곳에 있었다.

2

이즈미는 언제나 내게 기쁨만 준다. 내 앞에서는 즐거운 듯 웃을 뿐, 자신의 고민이나 걱정거리는 절대 말하지도 보여주지도 않는다.

하지만 내보이지 않는다고 해서 고민이나 걱정이 없을 리 없다. 당연한 얘기지만 사람에게는 사람 수만큼의 사연이 있고 거기에 얽힌 기쁨과 갈등이 있다.

모두 제각각 마음속에 무언가를 안고 산다.

새삼스럽게 이런 깨달음이 든 것은 이즈미와 만나고 며

칠 뒤 학원 여름방학의 마지막 날이었다. 이즈미의 대학교에서 후배라는 남학생을 만났다.

그 전날 밤, 이즈미와 통화하다가 이야기에 흥이 올라서 그럼 내친김에 내일 만나자는 말이 나왔다. 그런데 이즈미가 바로 무언가 생각났는지 "미안. 여름방학이지만 내일은 학교에 갈 일이 있어"라고 말하며 미안해했다.

문득 좋은 생각이 났다. 예전부터 이즈미가 다니는 대학교에 관심이 있던 나는 모처럼의 기회라고 생각해 이즈미에게 폐가 되지만 않는다면 놀러 가고 싶다고 말했다.

그렇게 약속을 정하고 다음 날 오전 중에 집을 나서 이즈미가 다니는 대학으로 갔다.

"미안, 마오리. 여기까지 오게 해서."

"무슨 소리야. 너희 학교에 와보고 싶었는데 마침 잘됐어."

이즈미와 대학교 교문 앞에서 만나 방문 절차를 밟고 안으로 들어갔다. 고등학교와는 비교할 수 없을 만큼 캠퍼스가 넓었고, 유리로 된 건물도 무척 멋있었다.

여름방학 기간이라 사람이 별로 없을 거라고 생각했는데, 드문드문 사람들의 모습이 보였다.

마침 점심시간이라 이즈미가 '깔끔한 편'이라는 학생식

당으로 안내했다. 더 좁고 수수한 분위기일 줄 알았는데 상상한 것보다 훨씬 넓게 트여 있어 놀랐다.

"대학은 생각보다 크고 흥미롭네. 왠지 여기서 살아도 될 것 같아."

"그거 학교의 7대 불가사의에 들어갈지도 모르는 얘기니 포기해."

"밤마다 교정을 배회하는 여자 유령 같은 거?"

"그래 맞아. 샤워기를 다오, 샴푸랑 린스를 다오, 이런 거."

이즈미는 담당 교수에게 제출해야 할 자료가 있다고 했다. 도서관에서 다시 만나기로 약속하고 점심을 먹은 뒤에는 혼자 학교를 돌아봤다. 우선 오전부터 내내 마음이 갔던 도서관으로 발길을 옮겼다. 외부 방문자도 이용할 수 있다고 했다.

몇 년 전에 새로 지어 올렸다는 도서관은 내부가 근대적으로 꾸며져 있었다. 잡지도 구색이 잘 갖춰졌고 해외 패션을 소개하는 잡지까지 있었다.

"저, 저기요……."

잡지 코너에서 다른 곳으로 발길을 돌리려던 때였다.

등 뒤에서 목소리가 들려와 돌아보니 한 남성이 서 있었다. 키는 그런대로 큰 편이고 호리호리한 체격에 인상

좋은 남학생이었다. 분명 나보다 어려 보인다.

무슨 일일까. 아까 방문 절차는 다 밟았는데. 혹시라도 수상한 사람으로 보인 걸까. 의아해서 바라보고 있자니 남학생이 말을 이었다.

"와타야 선배의 친구분……이신가요?"

"와타야 선배……? 아, 네 그런데요. 무슨 일이시죠?"

"아, 그게. 아까 학생식당에서 봤거든요. 저는, 집이 가까워서 여름방학 때도 매일 이용하고 있어서. 그래서……."

그럴 필요 없는 일까지 변명하려 한다. 와타야 선배라고 부르는 걸 보면 이즈미의 후배가 틀림없을 것이다. 하지만 들은 적은 없었다. 그도 그럴 수밖에. 이즈미는 자신의 이야기를 별로 하지 않는다.

"이즈미의 후배?"

내가 확인차 묻자 눈앞의 남학생이 갑자기 기쁜 표정을 지었다.

"마, 맞아요. 혹시 얘기를 들은 적 있으세요?"

"아, 미안해요. 그건 아니고요."

"아, 네."

조금 전까지 기뻐하더니 갑자기 서글픈 표정이 되었다. 이렇게 말하긴 미안하지만, 희로애락이 뚜렷이 드러나서 보기에 질리지 않는다.

다만 서서 이야기하는 게 주변에 불편을 끼칠 것 같아 장소를 옮기기로 했다.

도서관 내에는 휴식 공간이 몇 군데 있었는데, 특히 사람이 잘 오가지 않는다는 3층 휴게 공간까지 함께 걸었다.

"저……. 실은 저, 와타야 선배와 여름방학 전까지 사귀었어요."

그때 그에게서 믿을 수 없는 이야기를 들었다. 연애에 관심이 없던 이즈미가 눈앞에 있는 이 남자와 한동안 사귀었다고 한다. 너무 놀라서 잠시 말이 나오지 않았다.

"아……, 이즈미랑?"

"네. 그래봐야 놀이 같은 거였지만."

순간 농담을 하나 의심했지만 일부러 나를 불러 세워 농담이나 거짓말을 할 이유는 없을 터였다. 무엇보다 눈앞에 있는 이 남학생은 그런 거짓말을 할 사람으로 보이지 않았다.

정말로 이즈미와 그가 사귀었다는 거겠지.

"난, 전혀 몰랐어."

"……와타야 선배 입장에서는 사귄다고 할 정도의 일이 아니어서 말하지 않은 걸 거예요."

"그런……걸까. 확실히 이즈미는 옛날부터 자기 얘기를 잘 안 하지만."

그제야 자기소개도 하지 않았다는 데 생각이 미쳤다. 그 자리에서 서로 간단히 이름을 말했다. 그는 이즈미와 같은 학과 후배 나루세라고 자신을 소개했다. 술자리 모임에서 처음 이즈미와 말을 나눴다고 한다.

나는 입시 학원 친구들에게 그랬듯이 기억장애가 있었다는 얘기는 하지 않고 고등학교 때부터 이즈미의 친구라고 말했다.

그 얘기를 듣자 나루세는 약간 침울한 말투로 "고등학교 시절의……"라고 말했다.

"그럼 와타야 선배가 고등학교 때 누구랑 사귀었는지 아시겠네요? 지금도 선배, 그 사람을 잊지 못하는 것 같던데."

나도 모르게 눈이 커졌던 것 같다. 그것이야말로 전혀 뜻밖의 얘기였기 때문이다.

이즈미가 고등학교 때 누군가와 사귀었다고?

살짝 혼란스러웠다. 그게 정말일까? 적어도 고등학교 2학년 골든위크 때까지는 이즈미가 누군가와 사귀지 않은 걸로 알고 있다.

상급생들이 고백해도 전부 거절했다.

그리고 내가 기억장애를 겪은 뒤부터는 거의 매일 내 곁에 있어 주었다. 누군가와 사귈 시간도 짬도 없었을 것이다. 일기에도 그런 얘기는 쓰여 있지 않았다.

"미안. 나 그거, 모르는 일인걸."

"네?"

"그게, 정말이야? ……아무리 생각해도 짚이는 게 없는데."

내 말을 듣고 이번에는 나루세가 놀랐다.

둘이 곤혹스러워하며 마주 보고 있는데 매너 모드로 되어 있던 스마트폰이 진동했다. 이즈미가 보낸 메시지였다.

— 기다리게 해서 미안. 곧 끝날 것 같으니까 도서관으로 갈게. 어디 있어?

무심코 눈앞에 있는 나루세를 쳐다봤다.

이즈미에게는 이즈미의 세계가 있고 남이 관여하길 원치 않는 일이나 비밀도 분명히 있을 것이다. 눈앞에 있는 그의 일도 그럴지 모른다. 어쩌면 고등학교 때의 일도…….

가능한 한 그냥 모른 척하고 싶었지만, 고등학교 때의 일은 내 과거와도 관련되었을 가능성이 있다. 기억장애 중에 일어난 일은 전부 노트북에 데이터로 남겨두었다고 믿었지만 어쩌면 어떤 사정으로 남기지 않은 일도 있을지 모른다.

"미안, 조금 있다 이즈미가 도서관으로 온다는데…….
우리가 같이 있는 거 이즈미에게 별로 보이고 싶지 않지?"

이즈미와 함께 있을 때 말을 걸어오지 않은 걸 보면 어
쩐지 그럴 것 같았다.

이즈미가 온다고 해서일까, 나루세가 약간 당황했다.

"앗, 네……. 죄송해요. 그러네요."

"오늘은 무리지만 또 시간 내줄 수 있어? 고등학교 때
이즈미에게 남자친구가 있었을지도 모른다는 얘기, 괜찮
으면 듣고 싶은데."

나루세는 내 제안에 놀라면서도 "물론입니다"라고 말
하며 고개를 끄덕였다.

그 자리에서 메신저 앱의 아이디를 교환했다. 이미 이
즈미가 도서관에 도착해 있을지 몰라 서둘러 짧게 인사하
고 나루세와 헤어졌다.

— 미안. 도서관에서 스마트폰을 사용해도 되는지 몰라
서 답이 늦었어.

— 괜찮아. 처음 온 곳이면 그런 거 조심스럽지.

— 지금은 도서관 3층 화장실에 있어. 도서관 밖에서 기
다릴까?

— 밖은 더우니까 1층 출입구 옆 잡지 코너에서 기다려. 거기 소파 있거든. 금방 갈게. 그리고 사진만 찍지 않으면 스마트폰은 써도 되니까 안심해.

이즈미가 말한 1층 잡지 코너로 갔다. 잠시 후 이즈미가 왔다.

"미안 마오리, 기다리게 해서."

"기다리지 않았으니까 걱정 마. 캠퍼스를 산책하다 보니 시간 금방 가던걸."

"그럼 다행이고. 어때, 재밌었어?"

"⋯⋯응. 놀랄 일이 굉장히 많았어."

이즈미가 "그랬구나" 하고 미소 지었고 우리는 근처 카페로 차를 마시러 갔다. 오전에도 그랬지만 이즈미가 걸으면 주변 사람들의 시선이 쏠렸다.

"분위기도 좋고 케이크도 맛있는 가게니까 분명 마오리도 마음에 들 거야."

이즈미는 고등학교 때보다 더 예뻐지고 어른스러워졌다. 어머니가 디자이너이니 자연스럽게 심미안도 길러졌겠지. 옷도 센스 있게 잘 입는다.

지금으로부터 약 반년 전 봄의 일이었다.

기억장애가 회복된 지 얼마 안 되어 날 만나러 온 이즈미는 고등학생 때랑 같은 화장에 내가 잘 아는 옷차림을 하고 있었다.

나중에 생각하니 고등학교 2학년에 머물러 있는 내가 놀라지 않도록 배려한 행동이었다. 세월에 따른 격심한 변화를 알리지 않으려고 이즈미는 거기까지 신경 써준 것이다.

그리고 내가 나의 시간과 인식을 현재에 맞춰나가는 동안 이즈미도 나와 함께 앞으로 나아가며 자신의 시간을 맞춰갔다. 그리고 이제 내 앞에서 지금의 화장과 옷차림을 하게 되었다.

이즈미는 그렇게 다정한 친구다. 예나 지금이나 변함없이 내게 힘이 되어주고 날 배려한다.

하지만……, 이즈미에 관해 나는 모르는 것투성이다.

'그럼 와타야 선배가 고등학교 때 누구랑 사귀었는지 아시겠네요? 지금도 선배, 그 사람을 잊지 못하는 것 같던데.'

그건 무슨 일일까. 나루세의 착각일까, 아니면 정말일까.

가만히 바라보고 있자 이즈미가 내 시선을 알아차렸다.

"왜 그래, 마오리? 그렇게 뚫어져라 쳐다보고."

"어? 아, 아니. 이즈미 멋있구나 싶어서."

"뭔 소리래 갑자기. 또 내 케이크를 노리고 있군."

그래서 나는 실없이 "아, 들킨 거야?"라고 대답했다. 이즈미는 "다 보이거든"이라고 말하며 웃었다.

이즈미는 그늘 하나 보이지 않는 해맑은 표정으로, 여느 때와 다름없이 웃고 있었다.

3

약속대로 나루세와 다시 이야기를 나눈 것은, 그로부터 사흘 후 입시 학원 수업이 끝나고 나서였다. 학원 근처로 온 나루세와 가까운 패밀리 레스토랑에서 만났다.

"미안해요, 히노 선배님. 바쁠 텐데 시간 내달라고 해서. 근데 둘이 만나도 괜찮은 거예요? 남자친구가 있을지 모르는데, 그런 것도 생각 못 했어요."

"그렇게 신경 쓰지 않아도 돼. 남자친구도 없고 아무 문제 없어. 그리고 히노 선배님 말고 더 편하게 불러도 돼."

"알겠어요. 그럼 누나라고 부를게요."

"응. 나는 그냥 나루세라고 부를게."

레스토랑에서 마주 앉아 마치 처음 만난 사람들 같은 대화를 나눈 뒤 본론으로 들어갔다.

"그래서, 이즈미의 고등학교 때 연인 말인데⋯⋯. 난 정말로 짐작 가는 게 없거든. 나루세는 어떻게 알았어?"

"그게 말이죠⋯⋯." 내 질문에 나루세는 머뭇머뭇하더니 이야기를 시작했다. 그가 하지 말아야 할 말을 무심코 내뱉듯 "선배는 절절한 사랑 같은 건 안 해봤을 것 같아요"라고 말했던 일, 그 말에 대한 이즈미의 대답 그리고 두 사람이 했다는 연애 놀이에 관해서도 들었다.

놀랄 일이 많았지만 그중에서도 특히 신경 쓰이는 부분이 있었다.

"제가 고백할 때도 그리고 헤어질 때도 와타야 선배가 그랬어요. 다정한 남자를 좋아하지 않는다고. 그래서⋯⋯."

그건 내 일기에도 쓰여 있는 말이었다.

- 다정한 사람이 싫다.
- 집안일을 잘하는 사람과는 궁합이 안 맞는다.
- 요리를 잘하는 사람도 탈락.
- 눈치 빠른 사람도 싫다.
- 가족을 소중히 여기는 사람과는 맞지 않는다.
- 착실하지 않은 사람이 좋다.

바로 얼마 전에는 이즈미가 "연하가 아닌 사람이 좋아"라고도 말했다. 그 말은 나루세와 관련이 있는 걸까.

망설이다가 그 말은 하지 않고, 이즈미가 예전에 알려준 이상형에 관해 이야기했다.

나루세는 잠시 생각하더니 정리해서 말했다.

"그러니까 가능성으로 생각할 수 있는 건, 다정하지 않고 집안일이랑 요리를 못하는 데다 눈치가 없고 가족도 소중히 여기지 않는 불성실한 사람이라는 걸까요. 와타야 선배가 고등학교 때 사귀었을지도 모르는 사람이."

나도 예전에는 그렇게 생각했었다. 세상에는 그런 이성을 좋아하는 사람도 물론 있겠지만, 아무래도 마음에 걸렸다.

"만약 이즈미에게 고등학생 때 남자친구가 있었고…….그 사람을 지금도 잊지 못하는 거라면 말이야."

"네."

"그 남자는 이즈미가 말한 것과 반대 타입이었던 것 아닐까? 지금도 그 사람을 너무나 좋아하고, 그렇지만 잊지 못해서……. 일부러 정반대 타입을 좋아하려 한다거나."

내 말에 나루세가 깜짝 놀랐다.

"그건……, 그럴지도 모르겠네요. 와타야 선배, 옛날 연인을 떠올리는 건지, 굉장히 슬퍼 보이고 괴로운 표정을 지을 때가 있거든요."

나루세의 말을 듣고 보니 나도 생각나는 게 있었다. 분명 이즈미는 때때로 굉장히 서글픈 표정을 보이곤 했다.

그때마다 과거의 연인을 떠올렸던 것일까.

다만 나루세와 이야기해 알아낼 수 있는 건 거기까지였다. 나머지는 내가 과거의 일기를 다시 읽으며 실마리를 찾아내든지, 이즈미에게 직접 물어보는 수밖에 없다.

고등학교 동창들에게 물어보는 방법도 있었지만 당시에 나는 선행성 기억상실증에 걸렸다는 사실을 학교 친구들에게 비밀로 했었다.

이제 장애가 다 나았다고는 해도 옛 동창들과 그런 이야기를 하는 건 조금 두렵다.

"저, 죄송해요. 복잡한 일에 끌어들여서. 제가 그날 도서관에서 말을 걸지 않았다면 누나도 이렇게 고민하는 일은 없었을 텐데. 경솔했어요."

내가 골똘히 생각에 빠진 것을 알아차리고 나루세가 사과했다. 나는 당황해서 변명했다.

"괜찮아. 나도 이즈미를 더 알고 싶거든. 게다가 지금은 다른 일을 좀 생각하느라고."

"그래요? 제 능력으로는 부족할지 모르지만 뭔가 도움될 일이 있다면 편하게 얘기해주세요. 듬직하지는 않겠지만 나름대로 힘이 되도록 노력할 테니까."

나보다 어린 나루세가 어른스럽게 말하며 환히 웃어 보였다.

웃는 얼굴만 보고도 알 수 있었다. 그가 성실하고 따뜻한 마음을 지닌 사람이라는 것을.

"나루세는 참 다정하네."

"다정하긴요. 어중간하기만 한걸요. 아무런 도움도 못 되는 그저 그런 다정함."

⋯⋯왜, 일까. 다정한 사람은 언제나 그렇게 말하는 것 같다. 자신의 다정한 성격을 힘이 미치지 않는 것, 무력한 것으로 인식하는 듯하다.

원래 다정함은 무엇보다 귀한 인성인데 자신은 아무것도 갖고 있지 않다고 진심으로 겸손해한다는 생각이 들었다.

하지만 이것을 내가 과거에, 어떤 상황에서 생각한 것인지는 알 수 없었다.

어쩌면 기억장애를 겪을 때였을까?

아무리 과거를 보완해주는 데이터가 남아 있다고 해도

그때 받은 인상과 사고를 완전히 공유할 수는 없을지 모른다.

그런 생각을 하다가 그만 심각한 표정이 될 뻔했다.

"여러 가지로 고마워, 나루세. 나도 뭔가 알게 되면 연락할게. 그리고 모처럼 만났으니까."

나루세가 또 마음 쓰지 않도록 그때부터는 즐거운 이야기만 했다.

이 기회에 대학교에서의 이즈미에 관해 물었다. 나루세도 내 분위기에 맞춰 밝게 웃으며 대답했다. 고등학교 때와 변함없이 이즈미는 친구들과 편하게 지내는 것 같았지만 기본적으로는 혼자 다닌다고 했다. 주위에서는 그런 모습을 멋있게 여긴다고.

왠지 이즈미답다 싶어서 웃음이 났다.

"와타야 선배는 종종 사람이 아무도 없는 장소에 혼자 있곤 해요. 예전에는 제가 선배에게 인사하려고 찾아다녔고요."

"그것도 이즈미다운걸. 근데 이즈미는 혼자서 뭘 해?"

"책을 읽거나 뭔가 생각하기도 하고, 노트에 쓰인 일기 같은 걸 읽을 때가 많아요."

"아, 일기? 이즈미⋯⋯, 일기를 썼구나."

내가 모르는 이즈미의 모습이었다. 고등학교 때 남자친구가 있었다는 이야기도 그렇고, 절친인 내가 모르는 다른 모습이 있다는 사실에 약간 쓸쓸해졌다.

"……소설을 쓴다는 건 알고 있었지만."

쓸쓸한 기분에 마음이 느슨해진 걸까. 나도 모르는 새 그만 말이 흘러나왔다.

"네? 소설, 이요?"

"아, 미안. 말하려던 게 아닌데……. 그……."

머뭇거리는 내 마음을 헤아려서인지 나루세가 상냥하게 웃어 보였다.

"괜찮아요. 아무한테도 말하지 않을 거고 저도 깊이 묻지 않을게요."

"고마워. 그렇게 말해주니 안심이야."

우리는 조심스레 배려하며 웃음을 나눴다. 그러다 나루세가 "아!" 하고 이제야 이해했다는 듯한 반응을 보였다.

"왜?"

"아뇨. 와타야 선배가 예전에 밤늦게까지 글을 썼다고 말한 적이 있어서 약간 신경이 쓰였는데……. 혹시 그 일인가 해서요. 왠지 아련하네요. 여름방학 바로 전 일인데."

나루세가 그렇게 말하더니 슬픈 듯이 살짝 웃었다. 이

즈미와 연애 놀이를 했다고는 하지만 그는 정말로 이즈미를 좋아했다는 게 고스란히 전해져 왔다.

"기운 내, 나루세."

"아……. 분위기 가라앉게 해서 미안해요. 그리고 전 기운 넘치니까 걱정 마세요."

밝은 모습을 보여주기 위해서인지 나루세는 이즈미와 사귈 때 데이트했던 이야기를 들려주었다. 둘이 니시카와 게이코의 소설이 원작인 영화를 보러 갔다고 했다.

"이즈미는 정말로 니시카와 게이코 작가를 좋아한다니까."

"맞아요. 사진으로 봤지만 분위기도 약간 닮았어요. 쿨한 느낌이랄까."

"응. 그러고 보니 그 니시카와 게이코 씨가 잡지에서 신설한 상의 심사위원이 되었대. 이즈미가 전에 말해줬어."

"상이요? 그런 것도 있군요……. 응? 그럼 그거 응모 기간이 정해져 있겠네요? 그럼 혹시."

나루세가 무슨 말인가 꺼내려 했으나 "아니다, 죄송해요. 아무것도 아니에요" 하고는 금방 웃는 얼굴을 했다.

그의 성품이 전해져 오는 듯한 온화하고 부드러운 미소였다.

4

그러는 사이 어느덧 8월의 끝자락이 다가왔다.

한숨 돌릴 여유도 필요하지만 공부하는 습관을 잃어서
는 안 된다. 나는 고등학교 2학년과 3학년 때 놓친 공부를
1년 사이에 되찾아야 한다.

공부를 소홀히 하지 않고 아침, 점심, 저녁 계속해서 펜
을 쥐었다.

그런 일상 속에서도 이즈미와는 매일같이 메시지를 주
고받았다.

때때로 나루세에게도 메시지를 보냈다. 그는 나와 패밀
리 레스토랑에서 만난 며칠 뒤부터 아르바이트를 시작했
다고 하는데, 꽤 열심히 하는 모양이었다.

쉬는 시간에 과거의 일기를 다시 읽어보기도 했다. 하
지만 고등학교 때 이즈미에게 남자친구가 있었는지 없었
는지는 알 수 없었다.

어머니와 이런저런 잡담을 나누다가 "그러고 보니까"
하고 이즈미와 나루세의 이야기를 꺼냈다.

이즈미는 우리 부모님과도 가깝게 지냈고, 부모님은 이
즈미의 성품을 잘 알아 신뢰하고 있었다. 내가 기억장애를

겪고 있을 때 많이 도와주었다고 진심으로 고마워하신다.

어머니는 처음에 이즈미에게 연하의 남자친구가 있었다는 이야기를 흐뭇하게 들었다. 그러다 이야기가 고등학교 때로 넘어가자 어딘가 이상한 반응을 보였다.

"이즈미한테 직접 들은 건 아닌데, 고등학교 때 좋아하는 사람이 있었던 건 맞나 봐. 다정하고 집안일도 잘하고⋯⋯, 가정적인 타입인가 보던데. 혹시 엄마는 뭐 아는 거 없어?"

이 질문에 어머니가 동작을 멈췄다. 아무 말 없이 나를 바라보더니 곧 시선을 돌렸다.

"엄마?"

"아. 그건⋯⋯, 난 잘 모르지."

이렇게 대답하고는 조금 웃어 보였다.

내 기분 탓일까. 어머니의 표정이 약간 슬픈 듯이 느껴졌다. 무슨 일인지 물어보자 어머니는 천천히 고개를 가로저었다.

"아니, 아무것도 아니야. 어쩐지 나도 나이를 먹었구나 싶어서."

그렇게 대답한 어머니는 "그랬구나, 이즈미가⋯⋯" 하고 생각에 잠겼다.

그 일을 아예 이즈미에게 직접 물어볼까도 생각했다. 하지만 나루세의 입장을 생각하면 그것도 어렵다.

이즈미, 고등학교 때 좋아하는 사람이나 남자친구가 있었어?

어, 갑자기 왜?

아니, 왠지 궁금해서. 그땐 날 챙겨주는 데 온통 시간을 쏟았으니까.

이즈미는 머리가 좋고 눈치도 빠르다. 갑자기 그런 걸 물으면 나루세와 내가 만났다는 걸 알아차릴지 모른다. 하지만 신중하게 말을 고르면 물어볼 수 있을지도. 이를테면⋯⋯.

9월에 들어선 어느 휴일, 나는 오후에 이즈미와 만나 새로운 카페에 가보기로 했다.

고등학생들에게 인기 있는 카페로, 학원에서 돌아오는 길에 교복을 입은 학생들이 즐겁게 떠드는 모습을 여러 번 보았다. SNS에도 사진이 많이 올라와 있었다.

휴일인 오늘도 고등학생으로 보이는 여자아이들이 친구들과 수다를 떨고 있었다. 체육대회며 새 학기에 실시되는 시험, 가을에 열리는 문화 축제 이야기로 떠들썩했다.

그런 학생들의 모습을 지켜보며 나는 진심으로 말했다.

"제대로 된 고등학교 시절로 돌아가고 싶다는 생각이, 가끔 들어."

방금 전까지 나와 농담을 주고받던 이즈미가 놀란 표정을 지었다. 나도 살짝 당황했다. 간절한 심정이 그대로 담겼는지, 내 말이 생각보다 심각하게 울렸기 때문이다.

그 심각함을 무마하려고 웃음을 머금고 아무렇지 않은 듯 말을 이었다.

"그게, 이즈미 덕분에 매일 즐겁게 지낼 수 있었지만 말이야. 장애만 없었다면 그때 일을 전부 기억할 텐데. 무엇보다도 이즈미에게 미안해서. 그런 거지 뭐."

"마오리……."

"그렇게 심각한 얘기 아냐. 나랑 같이 있어 주느라 이즈미는 좋아하는 일을 하지 못한 게 아닐까 싶어서. 물어본 적 없지만 좋아하는 사람은 없었어? 나만 아니었다면 그 사람하고도……."

이즈미를 알고 싶어서 한 질문이었지만 과거의 내가 그렇게 이즈미의 가능성과 시간을 빼앗았다는 사실을 실감하고는 진심으로 미안해졌다.

동시에 새삼 이즈미에게 고마웠다.

"뭐라고? 갑자기 왜 그래, 마오리."

순간 이즈미의 표정에 진지한 빛이 스쳤지만 내게 맞추려는지 밝은 목소리로 대답했다.

"그게, 실은 지금도 고등학교 때 쓴 일기를 노트북으로 자주 읽어보거든. 거기에 내 얘기만 잔뜩 쓰여 있으니까 이즈미의 청춘 시절이 궁금해져서."

나는 분위기를 가볍게 만들려고 웃어 보였다. 이즈미도 미간을 찌푸리는 듯했지만 곧 웃어주었다.

입가에 미소를 띤 채 이윽고 이즈미가 생각에 잠긴 듯한 표정이 되었다. 시선이 아래를 향하더니 가만히 테이블을 바라보고 있다.

내 심장은 조용히, 그러면서도 강하게 방망이질 쳤다. 이즈미는 내게 말하지 않은 게 있는지 모른다. 그리고 오늘, 그것이 밝혀질지 모른다. 나는 그렇게 생각했다.

"없었어. 고등학생 때, 특별히 좋아한 사람은."

그래서 고개를 든 이즈미가 미소를 보이며 내게 그렇게 말하자 놀랐다. 이즈미는 진지한 눈빛으로 나를 보았다.

나는 오늘, 이렇게 물어보면 이즈미의 진심을 알 수 있을 거라고 생각했다.

내가 모르는 이즈미의 고등학교 시절 이야기를 들을 수 있을 거라 믿었다.

하지만 이즈미의 눈빛은 한없이 차분하고 맑았다. 거기에서 어떤 기만도 거짓도 찾을 수 없었다.

다만 너무 차분한 건지도 모른다. 너무 맑은 건지도 모른다.

"마오리는 그렇게 늘 나를 배려해줬어. 항상 자신을 챙겨줘서 고맙고 미안하다고, 고등학교 때도 자주 말했잖아."

이즈미가 시선을 거두고 무언가를 소중히 여기듯 살며시 웃었다.

그리고 다시 나를 보고 말했다. 그런데 말이야, 라고 운을 떼고서.

"마오리 덕분에 나는, 나밖에 할 수 없는 경험을 했어."

그건 기억장애에 걸린 친구를 곁에서 챙겨준 일을 말하는 걸까.

이즈미는 절대 말하지 않지만 선행성 기억상실증을 겪던 무렵 나는 분명 그녀에게 많은 폐를 끼쳤다. 그런데 이즈미는 줄곧 친구로 있어 줬다.

지금도 변함없이 나와 함께 시간을 보내고 있다.

이즈미가 약간 망설이는 듯하더니 이야기를 계속했다.

"마오리를 만나기 전까지 내 인생은 시시했어. 냉담한 느낌으로 뭔가를 다 아는 것처럼 바보 같은 일도 엉뚱한 일도 하지 않았어. 하지만 말이야, 고등학교 때 마오리를 만난 일이야말로……. 이렇게 말하면 좀 그럴지 모르지만, 마오리가 조금 힘든 상황이 되었기에 나는 내게 소중한 것을 만날 수 있었다는 생각이 들어."

이즈미는 내 눈동자를 똑바로 바라보았다. 온화하게 미소 지으며 그녀는 말했다.

"고마워 마오리. 나와 친구가 되어줘서."

나는……, 몰랐다. 이즈미가 이렇게 웃을 수 있다는 걸.

그녀는 무언가를 아끼고 있었다. 무언가를 소중히 여기고 가슴속 깊은 곳에 고이 간직하고 있었다.

이즈미의 내면에는 빛이 있었다.

다른 사람에게는 보이지 않는 빛. 어쩌면 이즈미 자신조차 알아차리지 못하는, 따뜻하고 부드러운 광원 같은 것이 그녀의 중심에 자리하고 있었다.

그것은 내가 아는 고등학교 시절의 그녀에게는 없었던 것이다.

이즈미는 어디서 그것을 손에 넣었을까. 어디서 찾아낸 것일까. 언제, 달라진 걸까.

내가 가만히 생각에 잠겨 있자 이즈미가 상냥하게 마음을 써주었다.

"미안, 좀 무거워졌나?"

"응? 아냐. 나야말로 고마워, 이즈미."

"뭐, 그래서 말이지. 나는 나대로 고등학교 때가 즐거웠어. 안타깝지만 좋아하는 사람도 남자친구도 없었네요."

이즈미는 그렇게 말하더니 우스운 이야기를 꺼냈고, 고등학교 때 이야기는 그걸로 끝났다.

고등학교 때 이즈미에게는 좋아하는 사람이 없었다. 남자친구도 없다.

그것이 이즈미가 결정한 일이었다. 혹은 진실일지도 모른다.

어두워지기 전에 이즈미와 헤어진 뒤 나는 나루세에게 메시지를 보냈다. 이즈미는 고등학교 때 좋아한 사람도 남자친구도 없었다. 본인이 그렇게 대답했다고 전해주었다.

— 진심으로 감사드려요. 입시 공부로 바쁠 텐데 신경 쓰시게 해서 정말 미안합니다.

밤이 되었을 무렵 나루세에게 답장이 왔다. 메시지를 가만히 들여다보았다.

세상에는 다정한 사람이 많다. 세상은 타인에 대한 배려의 마음으로 넘쳐난다.

이즈미의 연애에 관해 생각하면서 문득 나 자신을 떠올

렸다.

나는……, 어땠던 거지. 고등학생 때, 좋아한 사람은 없었을까. 선행성 기억상실증이라는 장애가 있었기에 그럴 여유가 없었을지 모른다. 일기에도 딱히 적혀 있지 않았다.

다만, 기억장애에서 회복된 뒤 아무에게도 마음이 움직이지 않는 건 왜일까.

아무리 다정하고 아름다운 남성을 봐도, 믿음직스러운 성격을 지닌 사람을 만나도 내 마음은 반응한 적이 없다. 마치 이미 소중한 누군가가 마음속 한가운데 있기라도 한 것처럼.

그러던 내가 방에서 모르는 청년이 그려진 그림을 발견한 것은, 가을이 깊어지기 시작할 무렵이었다.

터치 느낌으로 볼 때 과거의 내가 그린 그림이 틀림없다.

왠지 그것은 감추어둔 것처럼, 혹은 보물을 누군가에게 빼앗기지 않으려는 듯이 책꽂이와 벽 사이에 놓여 있었다. 어릴 때 내가 소중한 물건을 보관해두던 장소에 있었다.

누군지 모르는 남자애가 그려진 그 그림을 보자 내 심장이 크게 요동쳤다.

너무도 강한 울림에 당황했다. 뭔가가 호소해오는 듯한 느낌이다.

본 적이 있는지 없는지도 확실치 않은, 모르는 남자애가……, 의아하게도 잘 아는 누군가처럼 느껴지기도 했다.

내가 그 남자의 정체를 알게 된 것은 그로부터 얼마 후였다.

가미야 도루. 그에 관해 알게 된 것은.

한창 기억장애를 겪고 있을 때 만나, 고등학교 때 연인이 된 그에 관해 알게 된 것은…….

3
장

이
세
상
빛
의
한
가
운
데
서

1

어느덧 여름도 물러가고 가을이 되었다. 대학교 2학년 생활이 절반 가까이 끝나가고 있다.

차가운 가을바람이 가슴속을 훑고 지나는 듯한 느낌에 감상이 불려 나온 것일까. 나는 학교 벤치에 홀로 앉아 2학년이 된 후 지금까지 있었던 일을 돌이켜보았다.

봄에 나루세를 알게 되었고, 결국 사귀었다.

여름방학이 시작되기 전에 그 애와 헤어졌다.

절친인 마오리와 함께 웃으며 변함없는 나날을 보냈다.

……하지만 그것만은 아니다. 나는 또 하나, 거짓말을 보태고 말았다.

고등학교 때 좋아하는 사람이 없었느냐는 마오리의 질문에, 없다고 대답했다.

하지만 마오리는 잊었을 뿐이다. 마오리는 고등학교 때, 내 사랑을…….

"이즈미, 혹시 도루 좋아해?"

마오리에게 처음 그 말을 들은 것은 고등학교 2학년이 끝나갈 무렵의 봄방학 때였다.

그날은 마오리와 도루가 한사코 권해서 함께 꽃구경을 갔다. 두 사람의 첫 데이트 장소이기도 한, 벚나무 가로수 길이 유명한 공원이었다.

고등학교 2학년 여름방학이 지나고 나서 마오리와 도루는 한결 달라졌다.

특히 마오리가 달라졌다. 선행성 기억상실증에 걸리기 전에 마오리는 도루와 아는 사이가 아니었다. 설령 사귀는 사이가 되었다 해도 마오리에게 도루는 매일 미지의 타인과 같다.

그런데 마오리는 도루와 만나면 예전보다 빨리 두 사람의 관계에 익숙해지는 것처럼 보였다. 도루를 마음속 깊이 신뢰하고 있는 듯했다.

그런 마오리가 꽃구경이 끝나고 돌아오는 길, 둘만 남

게 되었을 때 느닷없이 머뭇머뭇 물었던 것이다.

"이즈미, 혹시 도루 좋아해?"라고.

나는 전혀 생각지도 못했던 일이라는 듯한 태도를 꾸며 대답했다.

"왜 그래 마오리? 무슨 소리야, 내가 가미야를?"

"갑자기 미안해. 내 기분 탓인지 몰라도. 왠지……, 혹시 나 그런 게 아닌가 해서."

나는 어색하게 웃음 짓고 손까지 내저으며 대답했다.

"무슨, 말도 안 돼. 나는 남자를 완전히 얼굴밖에 안 본다니까. 가미야도 좋은 애이긴 하지만……. 취미가 맞는 정도라고 할까. 어디까지나 친구지."

그런 아무렇지도 않은 태도와 대답에 마오리는 안심한 듯했다.

"그렇구나. 다행이야."

"근데 갑자기 왜 그런 걸 물어?"

"아니, 오늘 실제로 만나서 도루가 좋은 사람이라는 걸 알았는데 이즈미도 나한테 정말 소중한 사람이니까. 만약 이즈미가 그렇다면……, 내가 방해되는 게 아닐까 마음이 쓰여서."

"그런 거 신경 쓸 필요 없다니까. 원래 두 사람은 연인이고 방해라면 오히려 내 쪽이지."

나는 마오리에게 최대한 자연스럽게 대답하려 애썼다. 다만 마오리의 질문에 대한 답이긴 했으나 내가 한 말이 가슴에 걸렸다. 방해라면 오히려 내 쪽이지.

솔직히 말하면 그 무렵에는 도루가 좋아지기 시작했다.

'그 애가 나와 같은 취미를 갖고 있어서?'

그것 때문만은 아니다.

'절친인 마오리를 소중히 대해줘서?'

그것도 있다. 하지만 결정적인 이유는 아니다.

'도루가 한없이 다정한 사람이라는 걸 알았기 때문에?'

……대개 사람은 자신이라는 존재에서 한 발짝도 밖으로 나갈 수 없다. 자신 이상으로 타인을 소중히 여기는 건 무리다. 항상 이해득실을 따지고 자신에게 유리한 일만 하기 마련이다.

그렇게 생각하던 내게 도루는 내가 모르는, 인간의 일면을 보여주었다. 어떤 보상도 바라지 않고 마오리를 자신 이상으로 소중히 대했다.

아무리 도루가 마오리를 좋아하고 소중히 여겨도 마오리는 내일이면 다 잊어버린다.

그런데도 도루는 매일의 마오리를 즐겁게 해주려고 노

력했다. 괴로운 일이나 슬픈 일이 분명 있을 텐데 약한 소리도 하지 않고 마오리를 웃는 얼굴로 대했다.

"가미야, 어떻게 그렇게까지 노력할 수 있어?"

꽃구경을 가기 얼마 전의 일이다. 둘만 남게 되었을 때 나는 도루에게 물어봤다.

부드러운 황혼빛이 가득한 하늘을 배경으로 선 도루가 내게 얼굴을 돌렸다.

"히노를 좋아하니까."

자연스럽게, 그리고 온화한 표정으로 도루는 대답했다.

괴로웠다. 다른 사람의 웃는 얼굴을 보면서 괴로워질 수도 있다는 걸, 처음 알았다.

왜일까. 어째서 나는 가슴이 죄어오는 걸까.

괴로움의 이유를 생각하지 않으려고 자조하는 듯한 말투로 거듭 물었다.

"좋아한다고 타인을 위해서 뭐든 다 할 수 있는 거야? 난 그런 거 잘 모르겠어서."

"뭐든 다 하는 건 아니야. 내가 할 수 있는 것만 해."

"그런가? 할 수 있는 것만 하는 것치곤 무리하는 것처럼 보이기도 하는데."

"진짜로 무리는 하지 않고 할 수도 없어. 하지만 약간 무리해서라도 할 수 있는 일이 있다면, 약간 무리해서라도 하고 싶은 일이 있다면, 그건 행복한 일이라고 생각해."

나는 말없이 도루를 보았다. 이해되지 않았지만, 사실은 이해하고 싶었다.

동시에 나는 어떤 사실을 깨달았다. 가슴이 먹먹한 것도 상대를 이해하고 싶은 것도, 그것은 내가…….

"지금까지 내 인생은 시시했지 뭐야. 냉담한 느낌으로 뭔가를 안 것처럼 착각해서 말이지, 바보 같은 일도 엉뚱한 일도 해본 적이 없었어."

그때 도루가 한 말은 내 안의 빈자리에 선명히 남아 있다.

다정하게 미소 지으며 도루는 말했다.

"그렇지만 지금은 순수하게 히노랑 보내는 하루하루가 즐거워. 약간 무리해서라도 할 수 있는 일이 있다면 그걸 하고 싶다는 생각이 자연스럽게 들어. 히노가 나를 놀라게 하고 다시 보게 해줘. 이런 나도 조금이라도 괜찮은 사람이 되고 싶다고 자연스럽게 생각하게 해주거든."

나는 도루와 마오리는 닮지 않았다고 생각했다.

하지만 그건 표면상의 느낌에 지나지 않았다. 나는 자신이 부끄러워졌다. 인간에게는 눈 외에 마음이 있는데도, 눈으로밖에 사물을 바라보지 못했다.

마음으로 보면 두 사람의 닮은 점이 아주 잘 보인다. 어떤 상황에서도 두 사람은 타인을 생각했다. 타인을 배려하고 마음을 나눠주는 사람들이었다.

도루와 함께했던 한 장면을 떠올리며 나는 마오리와 집으로 돌아왔다.

마오리의 내면에서 무엇이 계기가 되어 도루를 좋아하는지 물어봤는지는 모르겠다.

그렇지만 의도는 전해졌다. 기억장애를 겪고 있는 상황에서도 마오리는 나를 배려해 자신이 친구의 사랑을 방해하는 게 아닌가, 마음 썼던 것이다.

확실하게 부정했으니 걱정은 사라졌겠지. 나는 조금도 당황한 기색을 보이지 않았다.

이윽고 봄방학이 끝나고 3학년으로 올라갔다. 선행성 기억상실증을 겪고 있는 마오리는 특별반에서 제외되었지만 사전에 학생주임 선생님과 상의한 대로 도루와 같은 반이 되었다.

도루가 있으면 나는 필요 없다.

아침마다 마오리는 자신의 상태에 당혹해하면서도 현재 상황을 받아들이고 일기와 수첩에 쓰인 내용을 확인한 뒤 학교에 온다. 그곳에는 같은 반인 도루가 있다. 마오리의 남자친구이자 실은 마오리의 증상을 알고 있는 그 애가. 매일의 마오리를 즐겁게 해주려 하는 가미야 도루가.

나는 입시 공부에 쫓겨서 마오리의 곁에 있어 주지 못하는 약간의 쓸쓸함과 막 싹트기 시작한 도루에 대한 마음을 외면하려 애썼다.

그래도 마오리와는 매일같이 메시지를 주고받고 전화로 이야기를 나눴다. 학교에서도 자주 얼굴을 보았다. 마오리의 곁에는 나 대신에 언제나 도루가 있었다.

셋이 있으면 아무렇지도 않게 대화를 한다. 그러다가 도루가 마오리의 옆얼굴을 지그시 바라볼 때가 있었다. 연인을 소중히 여기는 눈빛이었다.

그런 도루를 볼 때마다 내 가슴은 아파져 왔다. 내 사랑이 어디로도 갈 수 없다는 것을 안다. 다만 나는 더 조심했어야 한다.

그렇게 내가 도루의 옆얼굴을 바라본다는 것을 알아차린 인물이 바로 가까이에 있었으니까.

"이즈미, 혹시 도루 좋아해?"

마오리가 다시 그렇게 물어온 건 골든위크가 끝난 다음 날이었다.

연휴 동안 마오리와 도루가 식물원에 가려 한다는 얘기를 들었다. 나한테도 같이 가자고 말했지만 두 사람을 방해하고 싶지 않아서 입시 공부를 핑계 삼아 사양했다.

골든위크가 끝난 다음 날 방과 후, 교실로 찾아온 두 사람이 식물원에서 사 온 기념품을 내밀었다.

"이거 와타야가 좋아할 거 같아서 히노랑 골랐어. 손으로 만든 책갈피래."

정확히 말하면, 기념품을 건네준 건 도루였다. 포장된 고급 책갈피를 도루가 가방에서 꺼내 내게 내밀었다. 선물을 받을 거라곤 생각하지 못했기에 조금 놀랐다.

"어……, 나한테?"

"맞아 맞아. 이즈미가 좋아할지도 모른다고 도루가 그랬잖아?"

"아니 그건……. 네, 그랬습니다."

"뭐야, 왜 부정하려고 할까? 도루 쑥스러운 거야?"

"쑥스럽지 않아. 그리고 히노가 맛있다고 한 명물 쿠키를 몰래 샀거든. 홍차도 물통에 넣어 왔으니까 괜찮으면 지금 셋이서 먹자."

도루는 마오리 모르게 선물을 사놓았다가, 놀러 간 날의 마오리뿐 아니라 그날의 마오리도 기쁘게 해주었다.

셋이 모이기는 오랜만이라 시간 가는 줄 모르고 이야기에 빠져들었다.

그리고 그때 비로소, 내게도 여자애 같은 부분이 있다는 것을 깨달았다.

남자에게 선물을 받은 건……, 처음이었다.

사실 별거 아닌 물건이다. 몇백 엔짜리 책갈피다. 하지만 그걸 도루가 골라주었다.

셋이서 이야기를 나누다가 나도 모르게 도루의 옆얼굴을 훔쳐보고 말았다. 가슴이 달콤하게 아파져 왔다.

잠시 후 도루가 화장실에 간다며 교실에서 나갔다.

도루가 나간 걸 확인한 마오리가 머뭇머뭇하며 입을 열었다.

"……있잖아, 저기."

"응 왜, 마오리? 그나저나 가미야 말이야, 마오리한테까지 비밀로 하다니."

"이즈미, 혹시 도루 좋아해?"

그 순간 시간이 멈춘 듯했다.

이렇게 대답에 뜸을 들이는 건 좋지 않다. 긍정하는 것 같으니까.

다만 어떤 생각이 머리를 스쳤다. 만약 여기서 인정하

면 어떻게 될까.

'응. 맞아. 나 가미야를 좋아해.'

그렇게 대답한다면 어떻게 되는 걸까.

마오리는 놀랄까. 농담이라고 생각할지도 모른다. 친구로서 좋아하는 거라고 여길지 모른다. 하지만 그게 아니라, 내 마음이 특별하다는 걸 눈치챈다면…….

'그렇구나. 이즈미, 좋아하는 사람이 생겼네.'

마오리는 그렇게 말하고 슬프게 웃을지도 모른다.

나는 그때 어떻게 한다? 두 사람은 연인이니까 나한테 신경 쓰지 않아도 된다고, 아니 쓸 필요 없다고 변명할까? 그걸로 마오리는 납득할까?

'이즈미도 나한테 정말 소중한 사람이니까. 만약 이즈미가 그렇다면……, 내가 방해되는 게 아닐까 마음이 쓰여서.'

예전에 마오리가 한 말을 떠올렸다. 내 말은 마오리를 슬프게 할 뿐만 아니라 더 나쁜 일을 초래할 가능성이 있다.

그건 결코 내 생각이 지나친 게 아니었다. 마오리는 그런 아이니까.

도루와 닮았다. 자신의 행복보다 친구의 행복을 선택한다. 기억장애를 이유로 들며 도루에게도 더 좋을 거라고 스스로 합리화하겠지. 그리고…….

마오리는 내 앞에서 아무렇지 않은 척하며 도루와의 관계를 단념하겠지.

그렇게 되면 도루는 어떻게 할까? 헤어지고 싶지 않다고 거부할까?

아니, 그렇지 않을 거다. 마오리가 그렇게 판단한 데는 분명 이유가 있을 거라고 생각해 어디까지나 그 선택을 존중하겠지.

그렇게 해서……, 두 사람은 헤어진다. 최악의 경우 정말 헤어질지도 모른다.

그러면 나는 어떻게 하지? 도루가 혼자가 되면 내게 고백이라도 할 거 같은가?

거기까지 생각하고 나는 실감했다. 역시 내 사랑은……, 방해물이다. 마오리의 행복을 파괴할 뿐이다.

그런 거라면, 없는 편이 낫다. 사라져버리는 것이 좋다.

다행이라고 할까, 마오리는 기억을 유지하지 못한다. 일기에 기록되지 않은 일은 남지 않는다.

"뭐? 너무 놀라서 얼어붙는 줄 알았네. 내가 가미야를? 말도 안 돼, 그럴 리 없잖아."

나는 마오리에게 애써 웃어 보였다.

"그런……, 거야?"

약간 탐지하려는 듯한 시선을 보내는 마오리에게 나는 지난번과 똑같이 대답해주었다. 나는 사람의 외모밖에 보지 않는다고. 그런 속물이라고. 어딘가에서 들은 적 있는 이야기를 가져와 말을 꾸며내고는 어떻게든 마오리를 납득시켰다.

다만 그걸로 끝내지 않았다. 그래서는 안 되기 때문이다.

"미안하지만 마오리, 오늘 나한테 질문한 거, 일기에는 쓰지 말아 줄래?"

"응? 근데 왜? 그러면 또 물어볼지도 모르는데."

의아해하는 마오리에게 가볍게 미소 지어 보였다. 그리고 반농담처럼 대답했다.

"그대로 괜찮아. 그때는 또 똑같이 대답할 테니까. 그게 말이야, 가미야를 좋아하느냐고 물어봤다는 게 일기에 남으면…… 절대 그럴 일 없겠지만, 나와 가미야는 어디까지나 친구니까, 만에 하나 가미야가 그 일기를 보기라도 하면 너무 부끄럽고 좀 어색해질 것 같아. 그러니까 제발! 절친의 부탁이라고 생각하고 들어줘."

그렇게 말하지 않으면 마오리는 나와 나눈 대화를 일기나 수첩에 적을지도 모른다.

꽃구경 갔던 날에 이어 두 번째다. 확실히 부자연스럽

다. 기억이 초기화된 마오리가 자신이 남긴 일기를 객관적으로 보면 의아하게 여길 수도 있다. 두 번이나 물어본 데는 이유가 있을 거라고.

"으응. 알았어. 그렇게 할게. 이즈미가 부탁하는 거면 거절할 수 없지."

결국 마오리는 나와의 약속을 지켜주었다.

다음 날 마오리와 만났을 때 확인해보기 위해 "그러고 보니, 어제 부탁한 일 말인데"라고 떠봤더니 마오리는 정말로 어리둥절해했다. 연기로는 나올 수 없는 반응이었다.

"미안 이즈미. 부탁이 뭐였지?"

"아, 나야말로 미안. 깜빡하고 말 안 했나 봐. 실은 지금 공부가 약간 뒤처져서."

나는 그 이후로 두 번 다시 실수하지 않겠다고 맹세했다.

셋이 있을 때는 가능한 한 도루를 의식하지 않기로 했다. 부자연스러운 일이 생기지 않도록 도루와의 대화도 최소한으로 줄였다. 도루의 옆얼굴도 몰래 보지 않는다.

그걸로 괜찮을 거라고 생각했다. 하지만……

어느 시대의 시인이었을까. 그가 남긴 유명한 말이 있다.

'사랑과 기침은 숨길 수 없다.'

"착각인지도 모르지만……, 이즈미, 혹시 도루 좋아해?"

"도루를……, 이즈미가 좋아하나?"

"이즈미, 도루 같은 사람을 좋아해?"

"……뜬금없이 미안. 이즈미, 도루를……."

매번 아니라고 부정하는데도, 마오리에게 내 마음을 들킬 뻔했다.

마오리가 도루를 뺏기지 않으려고 경계해서 물어보는 건 아니었다. 마오리는 순수하게 악의 없이 자신의 존재가 방해되는 건 아닌가 하고 마음이 쓰여 물어본 것이다.

문제는 내게 있었다. 내가 도루를 좋아하는 것이 잘못이었다.

여름방학이 되자 나는 도루와의 교류를 완전히 끊었다. 마오리와는 이따금 둘이서 놀러 가기도 했지만 도루가 있을 때는 그 자리에 나가지 않았다.

2학년 여름에는 셋이 모이지 못할 때 쓸쓸함을 느꼈는데 3학년 여름에는 셋이 있는 자리를 스스로 피하게 되었다.

도루도 입시생인 내 상황을 이해해서인지 별다른 말을 하지 않았다. 여름방학이 끝나고 복도에서 도루와 우연히 마주쳤다. 도루의 얼굴을 보는 건 오랜만이었다. 가슴속에서 애틋한 감정과 소중한 마음이 북받쳐 올라와 눈물이 날 것 같았다.

"앗, 이즈미."

다만 옆에는 마오리가 있었다. 당연했다. 학교에서 두 사람은 언제나 함께였으니까.

"왠지 와타야, 조금 야윈 거 같은데?"

마오리의 인사에 대답하자 도루가 물었다.

"……조금 여름을 타서 그래. 그보다 마오리와는 어때?"

"문제없어. 히노와는 잘 지내."

"다행이야. 앗, 그럼 마오리. 나 당번이라서 이제 가봐야 해."

웃음을 지어 보이며 그렇게 말하고 그 자리를 벗어났다.

도루와 마주치는 일은 최소한으로 줄일 것. 그것이 마오리에게 부자연스러워 보이지 않도록 조심할 것. 여름방학이 끝난 뒤에는 계획대로 잘할 수 있었다.

그대로 내 마음은 숨겨야 한다고 생각했다.

그렇게 마음을 다잡고 있었는데 가을이 되자 생각지도 못했던 일이 일어났다.

내 감정을 마오리에게 완전히 들키고 말았다.

2

여름이 물러가고 가을이 찾아오자 1, 2학년을 중심으로 문화 축제가 자주 화제에 올랐다.

우리가 다니는 고등학교는 학교 행사에 그다지 공을 들이지 않는다. 그래도 여름에는 체육대회가, 가을에는 문화 축제가 연례행사로 개최된다.

3학년의 입시가 얼마 남지 않은 시기라 문화 축제는 1학년과 2학년이 주축이 되어 진행한다.

단 하루뿐이고 일반인에게 개방하지도 않는다. 보건당국에 신고해야 하는 관계로 식품을 가열하고 조리해야 하는 모의 음식점도 열지 않는다.

하지만 문화 축제를 기대하고 있는 학생은 적지 않다.

마오리도 그중 한 명이었다. 문화 축제 전날 밤 통화할 때 마오리는 내일의 자신을 약간 부러워했다. 아침부터 하루 종일 도루와 함께 문화 축제를 즐길 수 있기 때문이다.

그런데 당일 아침, 학교 갈 준비를 하고 있는데 마오리의 어머니에게 전화가 걸려 왔다.

"아침 일찍부터 미안하구나. 마오리가 약간 열이 나고 몸이 안 좋아. 지금은 기억장애에 관한 일도 받아들이고 안정이 되었지만……, 오늘은 하루 쉬게 해야겠어."

얼마 후 마오리에게서 메시지가 왔다.

— 이즈미?

— 어떻게 된 거야, 마오리? 열은 좀 내렸어?

회신한 직후 바로 읽음 표시가 나타났다. 하지만 그 후 답장이 오지 않는다.

걱정되어 전화를 걸려고 할 때 메시지가 도착했다.

— 다행이야. 이렇게 이즈미랑 계속 연락하고 지낼 수 있어서. 알고는 있었지만.

— 응.

— 기억장애를 앓고 있어도 나는 매일 잘 지내고 있어. 학교에 가고 이즈미랑도 계속 친구이고.

감기 탓인지 마오리는 마음이 약해져 있었다.

아침에 잠에서 깨어났는데 컨디션이 좋지 않다. 하지만 현실은 멈추지 않으니……. 자신이 사고를 당해 기억장애를 겪고 있다는 사실을 알게 된다. 시간이 1년 반 가까이나 지났다는 것도 알게 된다. 불안을 느끼는 게 당연하다. 나는 친구로서 그런 마오리에게 기운을 북돋워 주고 싶었다.

— 맞아. 아무것도 변하지 않았어. 괜찮아.

— 응. 왠지……, 안심이 돼.

─ 마오리는 매일 학교에 다닐 수 있어. 일기대로 매일 즐겁게 살아가고 있잖아.

─ 조금 읽었어. 놀랐지 뭐야. 나한테 남자친구가 있네.

─ 다른 반이었던 가미야라는 애야. 키가 크고 호리호리한 애, 알아?

─ 왠지 알 것 같기도 해. 인상이랑 다르게 그 애, 다정하더라.

그 메시지를 바라보면서 나는 무심코 쓸쓸하게 웃었다.

도루가 다정하지 않았다면 아마 여러 가지 일이 일어나지 않았겠지. 마오리는 매일 불안했을지 모른다. 학교에 계속 다니지 못했을 수도 있다. 나도 도루를 좋아하지 않았을지도…….

─ 오늘은 몸이 안 좋은 것 같으니 푹 쉬어. 내일이 오는 건 두렵지 않으니까. 내일 또 분명 즐거운 하루가 될 거야. 아무 걱정 마.

─ 그래. 오늘은……, 좀 쉴게.

─ 응. 그렇게 해. 가미야에게는 내가 연락해둘게. 정말 아무 걱정 안 해도 돼.

마오리가 메시지를 읽은 걸 확인하고 나는 앱을 닫았다.

그러고 나서 피처폰을 갖고 있는 도루에게 문자메시지

를 보냈다. 마오리가 감기로 학교에 갈 수 없다는 것. 그래도 정신적으로는 안정되었다는 사실을 전했다.

― 알았어. 고마워, 와타야.

도루가 보낸 메시지를 들여다보다가 등교 준비를 하고 학교로 향했다.

고등학교의 마지막 문화 축제가 시작되었다.

담임선생님이 간단히 아침 조회를 마치자 곧 교내 방송에서 문화 축제의 시작을 알렸다. 우리 반은 특별반이어서 행사가 시작되어도 교실에서 공부하거나 도서실로 가는 학생이 많다.

나도 그럴 생각이었다. 마오리가 있든 없든 도서실에서 조용히 공부하려 했다.

"와타야!"

도서실로 가고 있는데 등 뒤에서 부르는 소리가 들렸다.

돌아보니 도루가 서 있었다. 복도를 걸어와 도루가 내 앞에 섰다.

"괜찮으면 같이 문화 축제 돌아보지 않을래?"

나는 무척 놀랐던 것 같다.

"아, 왜?"

"왜라니, 모처럼 축제니까."

"나는……, 됐어. 마오리도 없고 가미야도 혼자 다니는 게 편하잖아? 나 상대해주지 않아도 돼. 그럼 이만."

나는 다시 가던 길을 가기 시작했다. 도서실로 가는 복도는 햇볕이 들지 않아 공기가 차가웠다. 축제로 시끌벅적한 소리도 이곳에는 닿지 않는다. 끝없이 고요하고 적막하다…….

그렇기에 더욱더 심장의 고동 소리가 크게 울렸다.

"나, 와타야에게 미움받을 짓을 한 건가?"

그렇게 마음이 시끄러운 나를 향해 도루가 물었다. 걸음을 멈추고 뒤돌아보니 도루가 난처한 듯이 눈썹을 찌푸린 채 나를 바라보고 있었다.

두근거림이 진정되지 않고 통증을 동반한 채 술렁거리며 가슴을 가득 메웠다.

원래 도루는 마오리가 없는 상황에서 나를 상대할 필요가 없다. 우리는 혼자 시간을 보내는 데 익숙하다. 소설이라도 읽으면서 느긋하게 지내면 된다.

하지만 내 모습이 약간 이상해 보였던 것일까. 도루는 일부러 나를 찾아와 축제를 함께 둘러보자고 제안했다. 친구로서 기운을 북돋아 주려 했다. 그때만은 분명 나 한 사람을 보고, 생각해주었다.

시끄럽고, 아프고, 괴롭고, 기뻤다. 나는 잠시 대답할 수가 없었다.

지금 여기에 마오리는 없다. 나는 혹시 용서받을 수 있을까. 누구에게도 말하지 않을 테니, 어디에도 남기지 않을 테니.

도루와 나만의 추억을 만들어도 괜찮을까.

그런 생각을 하면서 아무 말 없이 도루를 바라본다. 그러고 나서……, 한참 만에 웃어 보였다.

"잠깐, 뭔 소리야 가미야!"

활기찬 나의 말과 태도에 오히려 도루가 놀랐다. 나는 웃음을 터뜨리며 도루에게 다가갔다.

"미안, 미안. 입시 준비하느라 여름부터 신경이 날카로워졌나 봐. 가미야가 뭘 잘못했다든가 내가 가미야를 미워한다든가 그런 거 아냐."

이렇게 편한 마음으로 도루와 마주한 게 얼마 만인가. 그런 감상에 젖은 한편 기쁜 나머지 말이 빨라지지 않도록 조심했다.

"아, 그래? 그럴 만도 하네. 국립대학이지? 과목도 많고 힘들 텐데."

"가미야는 공무원이지? 너도 과목이 꽤 많지 않아?"

"뭐 그래도 여름에 학력 시험은 끝나서."

"어? 정말? 공무원은 그런 거야? 그럼 지금은 여유롭겠네?"

"아직 시험이 다 끝난 건 아니지만, 오늘 축제를 돌아볼 정도의 여유는 있어. 와타야는 어때?"

도루가 웃음을 보이며 우리 둘이기에 할 수 있는 장난 같은 말을 건넨다. 익숙한 대화에 마음이 흔들리고 꼼짝없이 내가 기뻐하고 있다는 것을 느낀다. 도루의 편안한 말투에 맞춰 나도 가볍게 대꾸했다.

"나도 오늘 축제 구경할 여유는 있어. 자, 그럼 모처럼이니까……. 가미야가 나를 즐겁게 해주려나."

도루와 나는 친구로, 단지 친구로서 축제를 함께 돌아보기로 했다. 그것이 객관적인 사실이다. 사실은 단단하고 변함없다. 그래도 상관없었다. 도루가 무슨 생각을 하든 신경 쓰지 않는다. 나는 나만의 추억을 만들겠다고 마음먹었다.

하늘도 용서해줄 것이다. 그 정도라면, 분명…….

"그럼 어디로 가볼까? 와타야는 가고 싶은 곳 없어?"

"그보다 공부하려고 책을 챙겨왔는데 우선 이것 좀 갖다 두고 올게. 돌아볼 장소는 그러고 나서 정하자."

"아, 미안. 그래야겠네."

"숙녀를 초대했으니까 확실히 에스코트하라고."

나는 다시 가벼운 말투로 대꾸했다. 도루와 엘리베이터 앞에서 만나기로 약속하고는 교실로 향했다.

"숙녀가 복도에서 뛰면 되냐?"

나도 모르게 잰걸음으로 뛰어갔더니 등 뒤에서 도루가 그렇게 말했다.

"잔소리쟁이!"

뒤돌아 대답한 내 목소리는 발걸음과 마찬가지로 들떠 있었다.

머리와 화장을 재빨리 고치고 엘리베이터 앞에서 도루를 만나 문화 축제를 둘러보기 시작했다.

도루가 성실하게도 조회 시간에 나눠준 축제 팸플릿을 챙겨왔다. 출발하기 전에 둘이서 팸플릿을 들여다봤다.

둘 사이의 거리가 너무 가까워졌지만 나는 아무것도 의식하지 못한 척했다.

우선은 축제 기분을 맛보려고 들고 다니며 먹을 수 있는 솜사탕을 사러 갔다.

생각하는 게 다 비슷한지 그곳에는 학생들이 길게 줄을

서 있었다.

솜사탕값 500엔을 누가 낼 것인지 가위바위보로 결정했다. 내가 져서 돈을 내려는데, 도루가 "가자고 한 건 나니까"라며 자기가 계산했다.

기쁘면서도 부끄러워서 나는 도루의 옆구리를 팔꿈치로 찔렀다. 깜짝 놀랐는지 도루가 희한한 소리를 냈다.

도루가 보고 싶은 것이 있다고 해 솜사탕을 손에 들고 운동장으로 향했다. 그곳에선 선생님들과 동아리 전체가 함께 기획한 벼룩시장이 열리고 있었다.

잡다하고도 다양한 물건이 많았다. 분명 선생님이 집에서 처분하기 곤란해 내놨음 직한 낡은 소형 가전제품도 있었다.

도루가 사냥꾼이 먹잇감을 찾아다니듯, 예리한 주부의 눈으로 쓸 만한 물건을 고르는 바람에 그 진지한 모습을 보곤 웃음이 터졌다. 도루가 쑥스러운 듯 항의했고 우리는 깔깔대며 즐거워했다.

그곳에 있는 것은 남녀의 연애가 아니라 죽이 잘 맞는 친구끼리의 장난이었다. 마음 편한 대화에 사소한 농담, 뺨이 아파질 정도로 자주 찾아오는 웃음.

지금을 떠올리며 앞으로 나는 수없이 가슴앓이를 하겠

지. 그런 예감이 들었다. 어쩌다 둘만 있게 되었을 때와는 다르다. 아마도 두 번 다시 찾아오지 않을 도루와 나, 둘만의 시간이었다. 데이트는 아니지만 내게는 데이트였다.

그렇기에 단 한 번인 이 시간을 마음껏 즐기겠다고 생각했다. 도루와 마주 보고 실컷 웃겠다고 마음먹었다.

다음으로는 문예부 행사를 보러 갔다. 판매장으로 꾸민 교실에서 여러 명의 부원이 소곤거리고 있었고, 책상 위에는 동아리 회보가 놓여 있었다.

"너희 누나가 니시카와 게이코라는 걸 알면 여기 있는 부원들이 모두 깜짝 놀라겠지?"

내가 작은 목소리로 말하자 도루는 겸연쩍어하는 표정으로 웃었다.

회보를 받아 들고 이번에는 팝콘을 팔고 있는 모의 가게로 향했다. 그리고 고리 던지기, 유령의 집을 차례로 돌며 놀았다. 도루와의 축제를 즐겼다.

"아아, 너무 웃어서 지쳤다. 가미야, 조금 쉬자."

말 그대로 웃다 지쳐서 휴게소로 만들어놓은 빈 교실에 들어가 쉬기로 했다. 사람이 없어서 우리는 그곳에서도 쉴 새 없이 농담을 주고받았다.

"이제 그만 좀 웃겨, 가미야."

"무슨 애길 해도 와타야가 받아주니까 그렇지."

"나 체육 시간에 배구를 좀 잘했거든. 리시버 재능이 있는 거 같아."

"리시버라니, 수신기 말고?"

"수신기가 무슨 재능이 있냐!"

계속해서 이야기하다가 잠시 쉴 겸 문예부에서 받은 회보를 읽었다. 반쯤 읽었을 때 어떤 생각이 떠올랐다.

"그러고 보니 가미야는 소설 안 써? 누나뿐만 아니라 아버지도 글을 쓰셨잖아?"

이렇게 물어보자 회보를 들여다보던 도루가 진짜로 놀라며 얼굴을 들었다.

"분명 그렇긴 한데. 왜일까. 난 글을 쓰려고 한 적이 없네."

"그래? 쓰고 싶다는 생각은 안 들어?"

"지금은 그런 생각 안 들어. 그보다도……. 언젠가, 그거 말고 해보고 싶은 일이 있는데."

도루는 항상 가족과 마오리를 가장 먼저 생각하는 사람이었다. 자신보다 타인을 우선한다.

그래서 하고 싶은 일이 있다는 도루의 말은 뜻밖이었다.

"어, 정말이야? 그게 뭔데?"

"웃지 마. 실은, 사진에 약간 관심이 있거든."

어딘가 주저하듯이, 쑥스러운 듯이 도루가 대답했다.

사진. 처음 듣는 말이었다. 어쩌면 마오리도 모르는 일일 수 있다.

"웃긴 내가 왜 웃어. 근데 사진이라니, 어째서?"

"그러게……. 사진은 소설처럼 다양한 장소로 자신을 데려가 주잖아? 난 가정 사정도 있고 해서 여러 곳에 다닐 수 없었기 때문인지……. 종종 사진에 굉장히 마음이 끌리더라고. 예쁜 사진을 보면서 그 장소에 있는 나를 상상하기도 하고, 실제로 나도 어딘가에 가서 그런 사진을 찍어 보고 싶다는 생각이 들었어."

도루의 말이 내 마음을 파고들었다.

이러저러한 사정으로 도루는 여행과 인연이 없는 인생을 살아온 거겠지. 나 또한 그랬다. 우리는 자신이 소속된 장소 외에는 알지 못하니까.

그런 삶 속에서 사진도 소설도 우리를 다른 세계로 데려다주는 매개체였다. 특히 사진은 현실이다. 창문처럼 열려 우리가 몰랐던 세계를 알려준다.

도루가 사진을 동경하는 이유를 너무나 잘 알 것 같았다. 도루가 다시 쑥스러운 듯이 말했다.

"이런 걸 가족이나 히노에게 말하면 심각하게 생각할 것 같아서 말이지⋯⋯. 아무에게도 얘기하지 않았어. 와타야 말고는."

웃으며 말하는 도루 앞에서, 나는 잠시 말을 잃었다.

기뻤다. 도루가 내게만 비밀을 공유해주었다. 가족에게도 여자친구에게도 말할 수 없는 일을, 친구로서 이야기해주었다. 나는 도루에게 특별한 누군가가 된 것이다.

하지만 이런 마음의 동요를 들키고 싶지 않아서 일부러 농담을 던졌다.

"사진이라면 지금부터라도 시작할 수 있잖아. 공무원 시험공부도 조금은 여유가 있다면서? 나랑 마오리 같은 최고의 피사체도 있고 말이야."

"아니, 내가 찍고 싶은 건 풍경인데."

"풍경 이상으로 아름다운 것이 눈앞에 있다고는 생각 안 하나, 자네?"

그 말에 도루가 웃는 걸 보고 나는 "아, 진짜 이렇게 웃기야?" 하고 살짝 화난 시늉을 했다. 그러자 도루가 사과했다. 우리는 그렇게 장난을 치며 함께 웃었다.

그러면서도⋯⋯, 어떤 사실이 떠오르자 가슴이 아렸다. 언젠가 자유롭게 쓸 수 있는 돈이 생기면 도루도 자신의 카메라를 사겠지.

그 카메라로 마오리를 찍어주기도 할 거야.

심장이 조용하고도 강하게 고동쳤다.

그 전에, 괜찮을까. 제대로 된 카메라로 마오리를 찍어주기 전에.

간단한 것도 상관없다. 사소한 것이어도 좋다.

"그럼 일단 날 찍어봐."

농담이 계속되는 것처럼 내가 말하자 도루가 살짝 눈썹을 올렸다.

"응? 아냐, 나 초짜인걸. 게다가 내 휴대폰에는 카메라도 없고."

"그럼 내 스마트폰을 빌려줄 테니까. 응, 어때?"

나는 사진 앱을 켜고 도루에게 스마트폰을 떠맡겼다.

정말로 싫어하는 내색을 보이면 억지로 강요할 생각은 없었다. 하지만 도루는 어색하게 웃으면서도 흥미롭게 앱 카메라 기능을 살펴보았다.

"이거 만져봐도 돼?"

"마음대로 눌러봐. 부서지는 물건도 아니니까."

작동법을 가르쳐주자 도루가 가늘고 긴 손가락으로 스마트폰을 만졌다.

"저, 이거 말이야."

사진 촬영에 관한 전문적인 지식을 묻기에 어떻게 그런 걸 알고 있느냐고 했더니 실은 책으로 공부하고 있다고 말했다. 내가 아는 범위에서 질문에 답해주자 도루가 앱을 조작하기 시작했다.

"자아 찍는다, 와타야."

"예쁘게 찍어."

"피사체가 예쁘니까 분명 잘 나올 거야."

"뭐라고? 너 정말!"

농담인 줄 알았지만 나는 활짝 웃고 말았다.

그러고 나서 바로 카메라 셔터음이 울렸다.

도루도 웃고 있었다. 들고 있던 스마트폰을 내리더니 찍은 사진을 웃으며 확인한다. 도루의 표정이 바뀌었다. 무언가에 놀란 것처럼 아무 말이 없었다.

"왜 그래? 설마 나 눈 감았어?"

"아니, 그게 아니라……. 초심자의 행운인가. 너무 잘 찍힌 것 같아서."

도루에게 스마트폰을 받아 들고 화면으로 시선을 옮겼다. 나 또한 놀란 나머지 아무 말도 하지 못했다.

화면에 비친 나는……, 내가 맞나 싶을 정도로 행복해

보였다.

무슨 생각을 하는지 알 수 없는 사람. 냉담한 사람. 그게 나다.

하지만 스마트폰 화면에 비친 나는 달랐다.

그 사람과 함께 있다는 사실이 기뻐서 견딜 수 없다.

그런 마음이 드러나듯이 따뜻한 표정을 짓고 있었다. 절친인 마오리와 함께 찍혔을 때의 나와는 다르다. 나 자신도 본 적 없는, 너무나도 행복해 보이는 얼굴이었다.

몰랐다. 나는 도루 앞에서 이런 표정을 하고 있었던가.

떨리는 마음을 애써 진정시키고 나는 여느 때처럼 농담을 했다.

"왠지 나, 얼굴 부어 보이지 않아?"

도루는 그 말에는 대답하지 않고 조용히 웃었다.

점심을 먹고 오후부터는 체육관에서 취주악부의 연주회와 연극부 공연을 보고, 사람들이 모여 있는 음식점 구역도 둘러보았다. 그러는 사이에도 농담과 가벼운 대화가 끊이지 않았다. 문화 축제의 마지막을 장식한 것은 체육관에서 열리는 밴드부 공연이었다.

나도 도루도 맨 앞줄에서 열광하는 성격은 아니다. 아무도 없는 옥상으로 올라가 체육관에서 흘러나오는 소리를 멀리서 어렴풋이 들었다.

너무나 즐거웠다.

부모님이 서로 사이가 좋았던 초등학교 저학년 때의 일이 떠올랐다. 언젠가 휴일에 셋이서 유원지에 놀러 간 적이 있다. 우리는 그곳에서 행복하게 웃었다.

석양이 깔릴 무렵 주차장으로 향하는 도중에 아버지가 목말을 태워주었다.

과묵하고 부지런한 아버지는 그런 걸 해줄 타입이 아니었다. 인생에서 처음으로 아버지의 어깨에 올라타 머리를 살짝 감싸 안았다.

어머니는 옆에서 걱정하면서도 아버지가 뭐라고 말하면 미소를 띠고는 했다. 매우 만족스러운 듯 웃는 어머니의 얼굴이 지금도 생생히 기억난다.

일이 바빠서 나와 별로 놀아주지 못했지만 양복이 잘 어울리던 멋있는 아버지.

디자이너라는, 남들과 다른 일을 하던 세련되고 젊은 어머니. 나는 두 사람을 정말 좋아했다.

셋이 함께 웃던 그 시절, 안심할 수 있는 장소가 그곳에는 분명히 있었다. 나는 마냥 행복했다. 아무런 걱정도 없는 평범한 아이로 지냈다.

그러다가 초등학교 고학년으로 올라가면서 안심이라고 부를 수 있는 장소가 없어졌다.

아버지는 일이 바쁜지 좀처럼 집에 들어오지 않았고 어머니는 언제부터인가 무언가를 단념하려는 듯 일에 열중하기 시작했다.

부모님은 얼굴을 마주하는 일이 적어졌고, 간혹 마주치면 싸우기만 했다.

중학생이 된 나는 울면서 화해시키려 했다.

그렇게 두 사람은 마주 보고 웃었는데, 나는 무엇을 간과했던 것일까. 뭘 보지 못했던 것일까. 사람이……, 무서워졌다. 무엇이 진짜인지 보이지 않으니까.

아버지의 직업 관계상 이혼은 하지 않았다. 어머니도 동의했다. 하지만 두 사람은 각자 좋아하는 사람이 생겼고 별거에 들어갔다. 나는 점점 두 사람을 신뢰할 수 없게 되었다. 소중한 것을 잃어 슬펐지만 의식하지 않으려 애썼다. 의식하면 더 슬퍼지니까.

그렇지만……, 사실 나는 너무나 슬펐다. 마음속 깊이 안심할 수 있는 장소를 잃어서.

도루와 둘이 있을 때, 내 안에는 다시 안심이라고 부를 수 있는 장소가 생겼다.

그곳에서 나는 천진하게 세상을 받아들였다.

웃고 즐거워하고 행복하면 된다. 아무런 걱정도 없는 평범한 여자애로 있을 수 있다. 모든 걱정과 근심을 잊게 하고 나를 단지 여자애로 있게 해준다.

어쩌면 이런 게 연애인 걸까.

이런 부끄러운 얘기는 아무에게도 하지 않겠지만 도루와 둘이 있으면 어쩔 수 없이 생각하고 만다.

"오늘 축제를 함께 보자고 해줘서 고마워, 가미야. 정말 즐거웠어."

옥상 한쪽에 놓인 벤치에 앉은 우리는 하늘을 바라보며 연주를 들었다.

"나야말로 함께해줘서 고마워. 나도 즐거웠어."

옆에서 얼굴을 바라보자 도루가 다정하게 웃었다. 좋아하는 감정이 배어 나오지 않도록 나는 친구의 얼굴을 하고 싱긋 웃으며 대답했다.

"즐거웠을 뿐만 아니라 오늘 가미야의 비밀을 알게 되었네."

"비밀?"

"사진 말이야."

"아……, 그거. 와타야는 뭔가 하고 싶은 일 없어?"

"어, 나?"

"들은 적이 없어서. 소설을 쓴다거나."

그렇게 내게 되물을 거라고는 예상하지 못했기에 잠깐 생각해보았다.

소설은 좋아하지만 내가 쓰겠다는 생각은 해보지 않았다. 중학생 때는 가족 문제로 그럴 여유가 없었고, 고등학생이 된 뒤에는 공부라든지 마오리의 일이 있었다.

마오리에게는 그림이 있다. 그리고 도루에게는 사진. 그런데 나는⋯⋯.

"나도 글을 쓰겠다는 생각은 안 해봤어. 하지만 그것도 좋을지 모르겠네. 좀 안정이 되면 써봐도 좋을 것 같아. 그리고 대학생 때 신인상을 수상해서 대학생 미인 작가로 이름을 날리는 거지. 너희 누나와 대담도 하고 말이야."

농담을 섞어 말하는 나와 달리 도루는 부드러운 미소를 보였다.

"그때는 맨 먼저 사인받으러 갈게."

"아니, 그보다 미인 작가라는 데서 놀려야 하는 거 아냐? 그냥 넘어가니까 엄청 겸연쩍잖아."

"응? 뭐, 사실인걸. 와타야는 예쁘니까."

"⋯⋯. 오전에 사진 찍을 때도 그렇고, 네가 진지한 표정으로 오글거리는 말을 하는 애라는 걸 잊고 있었네."

그 말에 당황하는 도루를 보고 나는 무심코 웃고 말았다.

혹시 나는 또 그 사진 같은 얼굴을 한 것일까.

하지만 마오리가 없는 지금만큼은 용서받을 수 있지 않을까.

연애에, 행복에 웃고 싶다.

그런 생각을 하면서 농담을 주고받고 있자니 어느덧 체육관에서 들리던 연주가 그쳤다. 스마트폰으로 시간을 확인하고 축제의 하루가 끝나가고 있음을 알았다.

"이제 시간 다 됐어. 교실로 가자."

"아, 벌써 시간이 그렇게 됐나. 순식간에 지나갔네."

도루와 마주 웃으며 벤치에서 일어났다. 실내로 통하는 문을 바라보았다.

그때 문에 달린 유리창 너머로 뭔가가 움직인 게 보였다. 한순간 길고 검은 머리칼이 나부낀 것만 같다.

"왜 그래, 와타야?"

"어, 아니, 아무것도 아냐."

의아해하는 도루에게 대답하고 나서 문을 향해 걷기 시작했다. 누군가가 옥상에 오려고 한 것일까. 오다가 사람이 있는 걸 알고 되돌아간 걸까.

나는 실내로 돌아가기 위해 문 앞에 놓인 짧은 계단을 올랐다.

느닷없이, 조금 전 그 길고 검은 머리칼을 생각하자 마오리의 모습이 떠올랐다.

"그러고 보니까."

계단을 오르던 내가 갑자기 생각난 게 있어 발걸음을 멈추고 뒤쪽으로 얼굴을 돌렸을 때였다.

뒤돌아본 바로 그 자리에 도루가 있었다. 앗, 했을 때는……, 이미 그 일이 일어나 있었다.

뒤쪽으로 몸을 돌리면서 내 입술이 도루의 뺨에 닿았다.

둘이 동시에 눈이 동그래졌다. 완전히 사고다.

"아, 미안."

내가 아무 일 아니라는 듯 얼굴을 떼자 "아, 아니. 나야말로"라며 도루가 사과했다.

도루도 단순한 사고라는 걸 알아서 괜히 허둥대지도 초조해하지도 않았다.

"음, 있잖아 그래서."

나는 평온을 가장했다. 마오리의 기억장애에 관한 이야기를 하려고 했기 때문에 주변에 사람이 없다는 것을 확인한 뒤 작은 목소리로 말을 이었다.

"마오리 얘기 말인데……. 알겠지만 오늘 일은 말하지 않는 게 좋겠어. 내일의 마오리가 어떻게 생각할지 모르지만, 그래도 나랑 가미야가 문화 축제를 즐겼는데 거기에 자기가 없었다는 걸 알면 슬퍼할지도 모르니까."

마오리의 기억장애를 언급했기 때문일까. 도루는 진지한 표정이 되었다. 그러다 다음 순간 다시 부드러운 얼굴을 했다.

"언제나 히노를 가장 먼저 생각해줘서 고마워."

"왜 너한테 인사를 받는 거냐."

"뭐 어때. 감사하는 게."

다시 웃음을 주고받은 뒤 짧은 계단을 마저 올라가 실내로 돌아갔다.

아래층으로 연결되는 계단을 내려가서 교무실에 용건이 있다는 도루와 헤어졌다.

"그럼 잘 가, 와타야. 오늘 고마웠어."

"나야말로 고마워."

"공부 너무 무리하지 말고."

"알고 있어."

교무실 쪽으로 도루가 걸어갔다. 나는 말없이 그의 뒷모습을 바라보았다.

도루의 모습이 보이지 않자 뺨에 내 입술이 닿았던 일을 떠올렸다.

손가락으로 살짝 입술을 만졌다.

나는 말할 수 없을 만큼 도루가 좋았다. 하지만 내일부터 다시 그 사실을 잊어야 한다. 마오리 앞에서는 도루와 친하게 지내면 안 된다.

"이즈미!"

그런 생각을 하고 있을 때 누군가가 가느다란 목소리로 말을 걸어왔다.

아니, 그건 누군가가 아니다. 내가 잘 아는 목소리다. 즉시 소리가 난 쪽으로 얼굴을 돌렸다.

예쁘고 긴 검은 머리칼의 주인이……, 힘없이 웃는 마오리가, 어째서인지 그곳에 있었다.

나는 혼란스러워서 무슨 일이 일어난 건지 바로 이해할 수 없었다.

열이 나 학교를 쉬다던 마오리가, 눈앞에 있었다.

"어? 아……. 어떻게 된 거야, 마오리. 감기는 괜찮아?"

내가 당혹감을 감추고 묻자 마오리가 울 것 같은 얼굴을 하더니 대답한다.

"응……. 조금 자고 났더니 컨디션이 아주 좋아져서. 그래서, 저……."

그리고 마오리는 나도 모르게 가슴이 죄어드는 말을
했다.

"이즈미가 보고 싶어서. 어제 일기를 보니까 이즈미는
문화 축제 날에 공부할 예정이라고 쓰여 있었지만…… 혹
시 괜찮다면 같이 축제를 볼 수 있지 않을까 싶었어. 놀라
게 해주려고 오후부터 학교에 와서. 그래서……."

마오리는 일부러 날 만나러 왔다. 그런데 나는 알아차
리지 못했다. 그뿐만 아니라…….

"어쨌든 미안해 이즈미. 아까 그 아이, 가미야 도루라는
애지? 오늘 아침, 사진으로 확인했고 사고 전에도 어쩐지
본 적이 있는 것 같아."

아무것도 잘못한 게 없으면서 마오리는 내게 사과했다.
필사적으로 웃음을 지으며 물어왔다.

나 또한 필사적으로 상황을 설명했다.

"응. 맞아. 마오리의 남자친구인 가미야 도루. 가미야한
테는 오늘 마오리가 열이 나서 쉰다고 전해줬어. 가미야도
사실은 마오리랑 축제를 구경하려 했는데, 내가 입시 준비
로 지쳐서 기운이 없어 보였는지…… 기분 전환으로 같이
축제를 돌아보자고 얘기가 된 거야. 그 애랑 나는 친구니

까. 마오리가 없어서 쓸쓸하다고 하길래. 그래서."

"이즈미……. 가미야 도루, 좋아해?"

"뭐? 무슨 소리야? 그냥 친구라니까."

"나, 축제 구경하는 모습, 봤어. 그것만이 아냐. 이러면 안 된다고, 그만둬야 한다고 생각했지만……, 옥상에서 두 사람이 즐겁게 이야기하는 모습도, 보고 있었어. 나는 그, 너희랑 어제가 다르니까……. 그래서 잘 보이거든. 이즈미, 가미야 도루를, 무척 소중한 듯이 보더라."

놀란 나머지 말이 나오지 않았다.

도루를 향한 호감을, 마오리는 어떻게 그렇게 금세 알아차리는 건지 궁금했었다. 그 이유를 알았다.

마오리에게 나는 사고 전의 나이고……, 그때의 나와 비교하면, 금방 알 수 있을 정도로 달랐던 거다. 특히 도루 앞에서는.

"지금 나야말로 정말 민폐고 방해가 될 뿐이야. 미안해."

마오리는 그렇게 말하며 웃어 보였지만 눈동자에서 흘러내리는 것은 감출 수가 없었다.

마오리가 등을 보이고는 순간 머뭇머뭇하더니 뛰어가기 시작했다.

"마오리……. 마오리!"

나는 바로 마오리의 뒤를 쫓아갔다. 마오리를 쫓아가지 않으면 굉장히 안 좋은 사태가 벌어질 것이다. 마오리를 계속 슬프게 하고 만다.

그것만큼은 어떻게든지 막고 싶었다. 마오리가 소중했으니까. 내가 아니라, 마오리가 도루에게 어울린다는 걸 알고 있으니까. 두 사람이 서로를 얼마나 소중히 여기는지도 알고 있으니까.

"방해하는 건, 나야!"

아무도 없는 복도에 내 목소리가 울렸다. 다행히 주위에는 나와 마오리 말고는 아무도 없었다. 내가 소리를 질러도 인상 쓰며 쳐다보는 사람은 없다.

시선 끝에서 마오리가 반응했다. 달리는 속도를 서서히 늦추고 멈춰 서서 내 쪽을 바라본다. 나는 숨을 헐떡이며 마오리에게 다가갔다.

"들어봐 마오리. 전부, 다 얘기할게."

"이즈미."

"나는……. 나는, 가미야를 좋아해."

말했다. 말하고 말았다. 이야기하고야 말았다. 털어놓고 말았다.

다만 내 마음과 말은 거기서 멈춰선 안 된다.

"그치만 말이야. 그 이상으로……, 두 사람을 정말 좋아해. 마오리가. 마오리와 있는 가미야가. 가미야와 있는 마오리가."

아무런 준비도 없이 말이 거침없이 흘러나왔다. 내가 한 그 말에 가슴이 먹먹하게 울려왔다.

도루만이 아니다. 나는 마오리가, 두 사람이 정말 좋았다.

말을 마쳤을 때 신기한 일이 일어났다. 마오리가 새삼 놀라는 표정을 지었던 것이다.

왜 그럴까 생각하는데 내 시야가 뿌예지기 시작했다. 그제야 나는 알아차렸다.

아, 나, 울고 있구나. 그래서 마오리가 놀란 거구나.

괴로워서, 괴로워서. 하지만……, 따뜻하다.

나는 처음으로 슬픔이 아닌 다른 이유로 울었다.

나는 늘 나 자신에게 실망하고 지레 포기하곤 했다. 차갑고 무슨 생각을 하는지 알 수 없는 사람이며 내게는 순수하고 아름다운 면이 무엇 하나 없다고 생각했다.

도루처럼 자신 이상으로 타인을 생각하는, 마오리처럼 절망에 맞서 싸우면서도 앞을 보고 웃을 수 있는, 그런 아름다운 모습이 내 안에는 없다고 생각했다.

하지만 내 안에도 두 사람과 비슷한 것이 있다는 사실

을 깨달았다.

　나는 도루를 좋아한다. 마오리를 좋아한다. 두 사람을 너무나 좋아한다. 나 자신 이상으로 소중히 대하고 싶다. 그건 결코 거짓도 위선도 아니다.

　내가 찾은 단 하나의, 내 안에 있는 순수하고도 아름다운 것이었다. 나는 눈물을 닦고 성의를 다해 계속 이야기했다.

　"오늘의 마오리는 아직, 가미야를 잘 모르겠지만 두 사람은 정말로 잘 어울리는 커플이야. 일기를 읽어봐. 그러면 분명 알 거야. 가미야가 마오리를 얼마나 소중히 대하는지. 마오리가 가미야에게 얼마나 큰 위안을 받았는지. 마오리가 얼마나 가미야를……, 좋아하는지. 나는 마오리의 일기를 읽은 적은 없지만 그래도 알 수 있어."

　도루와 사귀고 나서부터 마오리는 확실히 달라졌다. 선행성 기억상실증이라는 절망을 끌어안고도 매일매일을 즐겁게 보내고 있다.

　그런 마오리를 나는 누구보다도 가까이서 보고 있다. 그렇기에 확실히 알 수 있다.

　"나는 말이야. 그런 두 사람이 좋아. 나 자신 이상으로, 정말로 소중해."

말이란 항상 불확실하고, 과하거나 부족해 자신이 생각하는 바를 그대로 전달하기 어렵다.

애매한 암호이며 감정의 조각이다.

내가 바라보고 있자 "그치만" 하고 마오리가 말을 꺼냈다.

"이즈미도……, 가미야 도루를 좋아하잖아. 그걸로 괜찮아? 괴롭지 않아? 나는 기억장애니까 가미야 도루도 이즈미가 더……."

"가미야는 그런 거 신경 쓸 애가 아니야. 혹시 마오리의 장애를 안다 해도 그걸로 마오리를 싫어할 그런 사람이 아니야. 그런 애였다면……, 나도 좋아하지 않았을 거고. 가미야는 마오리가 어떤 상태든 마오리만을 좋아해."

도루가 마오리의 기억장애를 알고 있다는 사실은 여전히 비밀이다. 그래도 마오리에 대한 도루의 마음이 전해지도록 나는 필사적으로 말을 이어나갔다. 그리고…….

"그러니까 말이지. 그러니까……, 도루는 나를 봐주지 않아. 흔한 일이야. 어쩔 수 없는 일이고."

스스로 그렇게 인정함으로써 사실이 사실로서 의식에 다가왔다.

그거야말로 정말 흔한 일이다. 나는 짝사랑을 하고 있고 그것이 결실을 맺을 일은 없다. 만약 두 사람이 헤어진다 해도, 나와는 관계없다. 도루는 그래도 마오리만을 생각할 테니까.

"그래서……, 응. 괴로워. 정확히 말하면 괴로웠어. 누구에게도 내 마음을 털어놓을 수 없었으니까. 가미야를 좋아하면 안 된다고 생각했으니까."

나는 그렇게 내 감정을 힘껏 억누르고 있었다. 나의 감정은 장애물이고 마오리와 도루에게 폐를 끼칠 뿐이니까.

하지만……, 그게 아닐지도 모른다. 방해가 아닌 순수한 마음도 있을지 모른다. 대가를 바라지 않고 그저 진심으로 상대를 생각하는 마음도, 있을지 모른다.

그래도 괜찮을까. 그런 마음을 도루에게 가져도.

나는 묻고 싶었다. 마오리에게 물어보고 싶었다.

닦았다고 여겼던 눈물이 한심하게 끝없이 흘러내리는데도 나는 계속 말했다.

"하지만 오늘의 마오리한테는 물어보고 싶어. 나……, 그래도 될까? 가미야를 좋아해도 괜찮을까? 두 사람에게 폐를 끼치지 않겠다고 약속할게. 그러니까, 그러니까……. 가미야를 계속 좋아해도, 괜찮을까?"

내가 물어보자 어쩐 일인지 마오리도 울고 있었다.

어쩐 일이 아니다. 마오리는 상냥하니까. 나를 생각해

울어주고 있다. 그러더니 나를 끌어안으며 마오리가 말했다.

"괜찮아. 이즈미. 네 마음을 소중히 해도……. 괜찮아. 힘들게 해서 미안해. 하지만……, 고마워. 역시 미안. 정말로, 고마워."

마오리는 나를 끌어안은 채 꽤 오랫동안 계속 울었다.

우리는 종례 시간을 땡땡이치고 옥상에서 이야기를 나눴다. 학교 규칙보다 중요한 것이 있었기 때문이다.

그래서 나는 아무런 거리낌도 근심도 없이 오늘 일을 일기에 쓰지 말아 달라고 마오리에게 부탁했다. 마오리는 잠깐 난처해하는 듯했지만 그 이유를 설명하자 수긍해주었다.

어떤 일이든지 글로 남기는 데는 한계가 있다. 그리고 계속 남아 있으면 미래의 마오리에게 어떻게 영향을 미칠지 알 수 없다.

'이즈미는 가미야 도루를 좋아하지만 그 이상으로 나와 그를 소중히 하고 싶어서 응원해주고 있다.'

이런 글을 남긴다 하더라도 그것은 미래의 마오리에게 부담을 줄 수 있다. 그렇다면 처음부터 남기지 않는 편이 좋다. 아무것도 달라지지 않는 편이 낫다.

"나는 지금까지 부자연스러운 일을 한 거야. 있는 것을 없다고 혼자 부정해왔어. 그건 역시 자연스럽지가 않아. 그래서 혼자 괴로워한 거고. 하지만 오늘 마오리에게 다 얘기하고……, 내 마음을 소중히 해도 된다는 말을 들으니 무척 후련해졌어."

말처럼 나는 밝게 웃으며 마오리를 바라보았다.

인생에서는 없는 것을 있다고 말하는 편이 훨씬 간단할지도 모른다.

반대로 있는 것을 없다고 말하기는 어렵다. 있는 것은 질량을 수반해 어쩔 수 없이 존재하기 때문이다. 그 진리를 부정하면 여러 가지로 문제가 생긴다. 나는 경험을 통해 그 사실을 알았다.

나는 가미야 도루가 좋다. 그걸로 됐다. 이 마음이 결실을 맺지 못해도 상관없다.

내 짝사랑 이상으로 소중한 것이 있다는 사실을 깨달았으니까.

깔끔하게 단념했다. 그와 동시에 나는 이제 괜찮을 거라고 생각했다.

분명 두 사람과 예전처럼 잘 지낼 수 있다.

마오리는 자꾸 사과했지만 마오리가 사과할 이유는 하나도 없다. 마오리에게는 감사할 뿐이니까. 그것을 말로 꺼내어 전했다.

"고마워, 마오리. 마오리가 가미야와 만났기 때문에 나도 가미야를 만날 수 있었어. 그래서……, 태어나서 처음으로 누군가를 좋아하고 마음속에 담을 수 있게 된 거야."

잠시 마오리는 아무 말이 없었다. 마오리의 마음속에 나에 대한 미안함이나 미래에 대한 불안감 등 여러 가지 감정이 뒤섞여 있다는 걸 상상할 수 있었다.

그런데도 마오리는 밝게 말했다.

"왠지 나도 빨리 가미야 도루를 만나보고 싶어졌는걸. 그리고……, 그때 내가 무얼 느끼는지 알고 싶어졌어."

마오리는 그렇게 말하고 내게 미소를 보였다.

"솔직히 말하면, 오늘 아침에 일어났을 때는 내일 같은 거 오지 않으면 좋겠다고 생각했어. 하지만 지금은……, 내일이 조금 기대가 돼. 잠드는 것도 두렵지 않아. 내게는 이즈미와 그 이즈미가 좋아하는 가미야 도루가 곁에 있으니까."

마오리와의 일은 당연히 도루에게 말하지 않았다. 특별히 의식하지도 떠올리지도 않을 거다. 마오리가 없었던 일로 해준 것처럼 나도 없었던 일로 했다.

그것이 마오리에게 잊으라고 말한 내가 할 수 있는, 최소한의 성의라고 생각했기 때문이다.

다음 날 마오리는 여느 날과 다름없는 마오리로 학교에 왔다. 어제의 일은 일기에 남기지 않은 듯, 조금도 이상한 점은 보이지 않았다. 늘 그렇듯이 도루와 즐겁게 이야기했다.

"아, 이즈미!"

"와타야!"

나는 도루와 얼굴을 마주해도 괜찮은 상태가 되어 있었다. 자연스러운 나로 있을 수 있다.

"어이, 거기 두 사람! 여전히 분위기 좋구먼."

"이즈미, 아저씨 같아."

"와타야는 가끔, 안에 아저씨가 들어가나 봐."

"둘 다 이런 미녀한테 아저씨라니, 실례잖아."

내게는 두 사람이 소중했다.

인생에서 나 이상으로 소중한 것을 찾았다. 그것이 이 두 사람이다.

그런 두 사람과 언제까지나 함께 있고 싶다.

이윽고 겨울이 되고 본격적인 입시 시즌을 맞이했다.

봄에 나는 지망한 대학교에 합격했다.

도루는 옆 도시 시청에서 근무하게 되었고 마오리도 장애는 낫지 않았지만 무사히 고등학교를 졸업했다.

셋은 함께 많이 웃었다. 봄방학도 함께 보냈다.

하지만 그해 봄, 두 번 다시 돌이킬 수 없는 일이 일어나고 말았다.

"나, 심장이 별로 안 좋을 수도 있어서, 그래서……."

오랜만에 셋이 놀고 나서 마오리가 먼저 돌아간 뒤 둘만 남았을 때 도루가 진지한 표정으로 내게 말했다.

나는 너무 놀랐지만 이때까지는 침착할 수 있었다.

하지만 전날 도루가 쓰러졌다는 것과 도루의 어머니가 심장병으로 돌아가셨다는 것, 그리고 도루도 어릴 때 이것저것 검사를 받았었다는 얘기를 듣자 마음이 사정없이 흐트러졌다.

"그렇구나. 아, 있잖아, 내가 할 수 있는 일이 있으면 편하게 말해줘."

마음이 혼란스러웠지만 나는 있는 힘을 다해 그렇게 말했다. 소중한 도루에게 힘이 되어주고 싶었다.

"그럼……. 혹시, 혹시 말인데. 이런 건 아무도 모르는 거니까. 생각났을 때 부탁해두는 게 나을 것 같거든. 꼭 이번

일 때문은 아니고 사람이란 게 갑자기 없게 되고 그러니까."

하지만 생각해보면 그런 일, 말하지 않았더라면 좋았을지도 모른다.

생각도 하지 못했다. 도루가, 그런 슬픈 말을 꺼낼 줄은.

"혹시 내가 죽으면 히노 일기에서 날 지워주면 좋겠어."

그 순간, 사고의 도구인 언어가 내 안에서 사라졌다.

사라진 언어를 간신히 붙잡은 뒤, 나는 도루의 말을 농담으로 넘기려고 했다. 언제나처럼 농담으로 돌리고 웃으려 했다. 하지만 웃을 수 없었다. 그러기엔 도루의 표정이 너무도 진지했다.

"그, 그게 뭐야. 그게 뭐야."

그래서 나는 거절했다. 거절함으로써 그런 현실이 닥쳐오지 못하게 하고 싶었는지도 모른다.

"중요한 일이야."

"난 그런 거 하기 싫어. 네가 직접 해."

"그러게. 진짜 그래. 이상한 말 해서 미안. 그렇지만 들어줘."

그러더니 도루는 다정하고 온화하게 말을 이어나갔다.

도루는 기억장애를 겪기 전의 마오리와는 아는 사이가 아니었으니까. 죽더라도 일기에 등장하지 않으면 마오리에게만은 도루의 죽음을 없었던 일로 할 수 있다고. 도루는 그런 의미의 말을 하고 있었다.

도루가 걱정하는 것은 마오리의 정신적인 면이었다.

만에 하나라도 도루에게 무슨 일이 생기면 마오리는 깊은 슬픔에 빠질 것이다. 매일같이 슬퍼할 게 틀림없다.

확실히 그 말이 맞다. 하지만 나는 쉽게 받아들일 수 없었다. 아무리 첫사랑의 부탁이라 해도, 좋아하는 도루가 한 말이라도, 쉽게 받아들여선 안 되었다.

도루와 계속 이야기했다. 온통 슬픈 얘기만 했다.

하지만 마지막에 도루는 미소를 지었다. "이상한 말 해서 미안" 하면서.

그러고 나서 확실히 말했다.

"그만 가야겠다. 그럼 다음에 또 봐."

다음에 또 봐. 그렇게 다시 만나자는 인사를 했다. 분명히 내게 그렇게 말했다.

그래 놓고서…….

도루는 심장 돌연사로, 다음 날 밤에 세상을 떠났다.

슬픔도 죽음도, 공기처럼 이 세상에 넘쳐난다.

나는 어째서 그것이 나와는 관계없는 일이라고 생각했을까.

슬픔이라면 잘 알고 있는데도.

왜 죽음이 자신의 인생과는 관계없는 일이라고 생각했던 걸까.

도루가 죽은 후, 나는 고민 끝에 생전에 도루가 부탁한 일을 실행에 옮겼다.

마오리의 일기에서 도루에 관한 기록을 전부 없앴다.

정확하게 말하면, 없애기만 하면 부자연스러워 보일 걸 염려해 도루의 누나인 작가 니시카와 게이코와 협력해서 마오리의 일기를 데이터화해 파일로 옮기고 도루에 관한 기록을 나로 고쳐 썼다.

그뿐만이 아니다.

마오리의 부모님에게도 협조를 받아 일기는 노트가 아니라 지금까지 노트북에 남겨왔다고 마오리가 믿게끔 했다. 도루의 데이터가 남아 있는 마오리의 스마트폰도 내가 맡았다.

전부 도루의 마지막 부탁을 들어주기 위해. 그리고 도루가 소중히 여겼던, 너무나 좋아했던 마오리가 정신적으로 충격받지 않게 지켜주기 위해서.

그렇게 마오리 안에서……, 도루의 존재가 흔적도 없이 사라졌다.

3

나는 대학교 벤치에 앉아 가을바람을 맞으며 고등학교 때 마오리와 있었던 일, 그리고 도루에게 부탁받은 그의 소망에 관한 기억을 떠올렸다. 도루를 이름으로 부르지 못하고 가미야라는 성으로 불러야 했던 과거의 날들을.

내 손에는 고등학생이었던 마오리가 노트에 적어 내려간 진짜 일기가 있다.

거기에는 도루가 있었다. 마오리와 도루는 매일 함께 웃었다. 때때로 괴로운 일이나 슬픈 일도 있었겠지만 두 사람에게는 아무런 문제가 없었다.

마오리에게는 도루가 있고, 도루에게는 마오리가 있었으니까.

선행성 기억상실증이라는 장애를 겪고 있었다 해도 마오리는 즐거운 일로 가득 찬 일기와 도루가 있으면, 앞을 향해 살아나갈 수 있었다.

　그날까지는…….

망설였지만 내 안에서 정리하기 위해 글로 쓰려고 합니다.

나의 남자친구님이, 가미야 도루가 세상을 떠났습니다. 과거의

우리가 가미야 도루에 관해 따로 정리해두었습니다. 그쪽을 읽

어보세요.

사인은 심장 돌연사라고 합니다. 가미야의 어머니가 심장병으로

돌아가셨기에 유전일 가능성도 있다는 이야기를 들었습니다.

사람이 갑작스럽게 죽을 수도 있다는 것을 처음 알았습니다.

나는 그를 일기로밖에 알지 못합니다. 얼굴도 어디선가 본 적

이 있는 듯 어렴풋이 느껴지는 그 정도입니다.

그런데도 그가 죽었다는 이야기를 들었을 때 눈물이 멈추지

않았습니다.

조금 전까지 이즈미와 함께 경야에 참석했습니다. 관 안에 잠

들어 있는 가미야 도루의 모습을 보았어요.

과거의 우리를 웃게 해주었던 사람이 움직이지 않고 있었습

니다.

지금도 정리가 되질 않는군요. 다만 슬프고, 슬프고, 한없이 슬

퍼서.

과거의 일기를 읽을 때마다 슬픔이 흘러넘칩니다. 그곳에는 내가 있었습니다. 가미야가 있었습니다. 어느 페이지에나 나와 그의 웃는 모습이 있었습니다.

나는 미래의 나를 슬프게 할 생각은 없습니다. 이 일기도 쓰지 않고, 또는 쓰더라도 찢어버리는 편이 좋을지 모릅니다.

하지만 지금의 나는 이번 한 번뿐입니다. 어떤 나일지라도 지금의 나와 바꿀 수는 없으니까요.

그래서 용기 내어 지금의 나를 일기에 남기기로 했습니다. 미래의 나, 미안해요. 그래도 남길게요.

가미야. 보고 싶어. 보고 싶어. 만나서 이야기를 나누고 싶어.

홍차, 잘 끓인댔지? 너의 홍차, 나도 마시고 싶어. 가미야를 전부 알고 싶어. 의지만 할 게 아니라 나도 의지가 되어주고 싶었어.

만나고 싶습니다. 보고 싶어요.

하지만 이젠 만날 수 없겠지. 너무나 쓸쓸하네요. 슬픕니다.

도루의 죽음에 마오리는 충격을 받았다. 그리고 그 후 매일 아침이면 두 가지 불합리한 현실에 내팽개쳐졌다. 자신의 기억장애와 연인의 죽음.

그 탓에 마오리는 나날이 쇠약해져 갔다. 선행성 기억상실증의 합병증으로 우울증을 앓게 될 가능성이 있다는 말을 들었던 나와 마오리의 부모님은 그것을 두려워했다.

마오리가 직접 쓴 일기에서 도루의 죽음에 관한 기록을 없애고 도루가 사라진 이유를 지어내어 그것을 믿게 하면 어떨까도 생각해봤다.

하지만 그 어떤 방법도 단지 그 순간을 모면할 뿐이었다. 무엇보다 그것은 도루의 마지막 부탁과도 어긋난다.

"혹시 내가 죽으면 히노 일기에서 날 지워주면 좋겠어."

도루는 세상을 떠나기 전날 내게 그런 부탁을 남겼다.

"난 기억을 잃기 전의 히노랑 접점이 거의 없으니까. 그러니까……, 혹시 내가 죽어도 일기에 등장하지 않으면 히노한테 없었던 일로 만들 수 있어."

도루도 죽고 싶지 않았을 것이다. 하지만 만약의 경우를 생각해서 내게 부탁을 남겼다.

자신의 어머니가 심장병으로 갑자기 세상을 떠났던 경험이 있었기에.

다만 내게 남긴 부탁은 너무나도 잔혹한 것이었다. 인간은 대부분 이 생에 자신의 흔적을 남기려고 한다. 자신이 살아온 증거가 남기를 간절히 바란다.

그런데 도루는 그 반대를 원했다. 연인에게서 자신의 흔적이 모두 사라지기를 바랐다. 순수하게 상대만을 생각한 것이다.

"아닌 게 아니라 가능할지도 몰라. 하지만 가미야, 넌 그래도 괜찮은 거야?"

마오리의 일기에서 자신의 기록을 없애달라는 부탁을 받은 날, 대화 도중에 내가 그렇게 묻자 도루는 웃었다. 슬프게 웃었다.

"난 괜찮아."

다음 날 밤, 가미야 도루는 다시는 돌아오지 못할 사람이 되었다.

나는 생각하고, 고민하고, 망설인 끝에 도루가 생전에 남긴 뜻을 지켜주기로 했다. 도루의 누나와 마오리 부모님의 도움을 받아 마오리의 일상에서 도루의 흔적을 도려냈다. 마오리의 진짜 일기와 수첩, 그리고 스마트폰은 내가 갖고 있기로 했다.

도루의 자취를 완전히 없앤 후 마오리는 차츰 충격에서 벗어나 회복되어갔다. 새로운 나날을 노트북에 기록했고 매일같이 그림을 그렸으며 장애가 회복되기를 기다리면서 평온하게 살아갔다.

마오리는 도루에 관한 모든 것을 잊었다. 처음부터 없었던 일처럼.

하지만 마오리와 달리, 나는 없었던 일로 할 수 없었다. 첫사랑이었다. 인생에서 처음으로 좋아한 상대였다. 그 상대가 죽은 것이다.

그래도 세월은 흘러 도루의 죽음을 간신히 받아들이게 되었다고 생각했다. 그것이 살아가는 것이라고.

하지만⋯⋯, 설령 죽음은 받아들일 수 있다 하더라도 죽음으로 끝난 사랑은 어떻게 타협점을 찾아야 한단 말인가.

대학교 1학년 때는 그걸로 고민했다.

새로운 누군가를 좋아하려고 애써봤지만 그 누구도 좋아지지 않았다. 첫사랑의 병일까. 도루보다 더 좋아할 수 있는 사람은 없을 거라고 생각했다.

대학교 2학년이 되어도 그 상태는 계속되었다. 이대로는 안 된다는 걸 알고 있다. 나는 도루를 잊어야만 한다. 하지만 어떻게 해야 좋을지 모르겠다.

"선배를⋯⋯, 좋아해요."

그럴 때 나루세를 만났다. 눈부시게 순수한 호의를 표현하기에 거절하려 했지만 나도 모르는 새, 말해버렸다.

"사귀어도 되지만 조건이 있어. 날 정말로 좋아하지 말 것. 지킬 수 있어?"

연애 놀이도 상관없었다. 그럴 생각이었다.

한때 우연히 만난, 표면적이고 일시적인 연애 흉내여도 괜찮았다.

'좋은 아침! 선배를 발견했어요.'

'와타야 선배도 멋있어요.'

'오늘 고맙고 즐거웠어요. 다음번 수족관도 기대할게요.'

그런데 어딘가 도루를 닮은 나루세가 다가오면서 마음이 움직이고 말았다.

그러자 두려워졌다. 나루세가 도루를 덮어버릴 것만 같아서. 도루와 함께 간 장소, 하고 싶었던 일, 보고 싶었던 것. 그것들이 나루세의 존재로 덮이고 말 것만 같아서⋯⋯.

모순이다. 도루를 잊고 싶었다. 하지만 도저히 잊을 수 없었다. 그래서 나루세에게 상처를 주고 말았다.

차라리 마오리처럼 다 잊을 수 있다면 좋을 텐데.

아니, 마오리야말로 잊고 싶어서 잊는 게 아니다. 잊고 싶지 않은데 어쩔 수 없이 잊히는 것뿐이다. 자신의 의지와는 상관없이 잊게 될 뿐이다.

정말로 좋아했던, 가미야 도루라는 연인을.

도루가 그려진 크로키북을 마오리가 자신의 방에서 발

견한 것은 내가 학교 벤치에서 과거를 떠올리던 날로부터 한 달 뒤, 가을이 깊어지기 시작할 무렵이었다.

도루가 죽은 지 1년하고도 약 반년이 더 지나 있었다.

"얘 누구야?"

카페에서 만난 마오리는 도루가 그려진 크로키북을 손에 들고 내게 물었다.

일기와 사진, 그림에 이르기까지 도루의 흔적은 마오리의 일상에서 전부 지웠다고 생각했다.

과거의 마오리가 도루의 그림을, 자기 방의 책꽂이 뒤에 숨겨놨을 거라고는 생각도 하지 못했다.

나는 그제야 비로소 마오리에게 진실을 털어놓았다.

마오리에게 가미야 도루라는 남자친구가 있었다는 것. 그 애 덕에 고등학교를 졸업할 수 있었다는 것.

그리고 어느 날 갑자기 그 애가 죽었다는 것을.

그뿐만이 아니다. 그 애의 부탁으로 마오리가 남긴 기록에서 그 애의 자취를 모조리 지웠다는 사실까지도 전부 이야기했다. 진실을 들은 마오리는 아연실색했다.

최악의 경우, 나는 마오리에게 절교를 당할 수도 있다고 생각했다. 하지만 마오리가 그럴 리 없었다. 우리가 한 일을 마오리는 용서해주었다. 놀라면서도, 모두 함께 자신을 지켜주기 위해 한 일이라고, 애써 웃어 보이며 고맙다고 말하기까지 했다.

나는 마오리의 부모님과 상의해 진짜 일기를 마오리에게 돌려주었다.

그때부터 마오리는 일기를 읽었다. 잊었던 연인에 관해 알려고 애쓰기 시작했다.

도쿄에 있는 도루의 누나에게도 마오리의 상황을 알렸다. 언젠가 이런 날이 올지도 모른다고, 누나는 전부터 각오하고 있었던 모양이다.

내 소개로 마오리는 도루의 누나와 만나 이야기를 나누었다. 마오리는 도루에 관해 묻고 알아가면서 살아갈 방향을 찾은 듯했다.

도루는 마오리가 자신을 완전히 잊고 일상을 되찾기를 진심으로 바랐다. 슬픈 과거를 떠올릴 필요는 없다.

하지만 마오리는 자신의 인생을 꼿꼿이 살아가면서 도루의 죽음과 마주하기를 선택했다.

언젠가 전부 기억해내겠다고, 그렇게 도루를 잊지 않는 삶을 선택했다.

하지만 나는…….

4

마오리가 도루의 누나와 만나 이야기를 나눈 날 늦은 오후였다. 두 사람이 만나도록 중간에서 연락을 했던 나는, 만나자는 누나의 말에 그녀가 묵고 있는 호텔 레스토랑을 찾아갔다. 도루가 죽은 직후 누나와 나는 마오리의 일기에서 도루를 지워야 할지에 관해 진지하게 의논했다. 그리고 결정한 뒤에는 협력해 그 일을 실행했다.

힘든 결단과 행동을 함께하다 보니 누나와의 사이에 우정과도 비슷한 유대감이 싹텄다. 나는 그렇게 생각했다.

다만 아쿠타가와상을 받은 작가이기도 한 누나의 활동을 방해하고 싶지 않았기에 실제로 만나는 것은 오랜만이었다.

"오랜만이야, 이즈미."

"오랜만이에요. 활약하시는 모습 늘 보고 있어요."

편하게 이야기할 수 있도록 도루의 누나는 룸을 예약해 두었다. 내가 격식을 차려 인사하자 눈앞에 있는 아름다운 사람이 살며시 웃었다.

"그렇게 예의 차리지 않아도 돼. 내가 뭐 대단한 활약을 하는 것도 아니고."

"그렇지 않아요. 영화를 봤는데 원작도 그렇고 굉장히 재밌었는걸요. 그리고 그⋯⋯."

나는 오늘, 아직도 마음속에서 정리되지 않은 도루에 대한 감정을 털어놓고 조언을 구해야겠다고 생각했다.

하지만 본론에 들어가기 전에 꼭 물어보고 싶은 것이 있었다.

"그 원작 소설, 도루가 죽은 다음에 쓰신 거죠?"

그러자 질문의 의도를 알아차렸는지 누나가 나를 바라보며 말했다.

"⋯⋯이즈미는 눈치챌 거라고 생각했어. 도루의 이야기를 그 소설에 조금 썼으니까."

소설 속 등장인물 중에 20대 남성 카메라맨이 있다. 영화에도 등장한 인물인데 언뜻 차가워 보이지만 가족과 연인 그리고 친구를 누구보다도 소중히 여기는 사람이었다.

도루가 사진에 관심이 있었다는 사실을 나는 누나에게만 말했다. 마오리의 일기를 데이터화한 뒤 도루를 나로 바꾸고 함께 그 내용을 확인하던 때의 일이다.

"도루는 하고 싶은 일이 있었을까?"

불쑥 누나가 중얼거리는 말을 듣고 나는 망설이다가 대답했다.

"저……, 가족에게도 마오리에게도 말하지 않았다고 했는데요."

영화의 원작이 된 소설을 처음 읽었을 때는 연령도 특징도 약간 달라서 그 인물의 모델이 도루라고 확신할 수가 없었다.

하지만 소설을 다시 읽고 실제로 스크린에서 영화를 보며 알아차렸다.

저 인물은 분명히 도루라고.

몇 가지 가능성 중에서 자신이 하고 싶은 일을 골라 그 길로 나아가고 있는 도루가 틀림없다고.

그 사실을 알아차린 것은 영화가 후반부에 다다랐을 때였다. 나는 어느새 울고 있었다.

"역시 그 인물은 도루였군요."

"으응."

누나는 자신의 방식으로 괴롭고 슬픈 기억을 승화시킨 건지도 모른다.

도루는 누나를 무척이나 존경했고 누나도 도루를 소중히 여겼으니까.

"사실은……, 도루에 관해서 고민이 있어요. 이야기 들어주실 수 있어요?"

내가 본론을 꺼내자 누나가 상냥하게 미소 지었다.

"물론이지. 이런 말 하면 웃을지도 모르지만……. 난 이즈미가 여동생 같을 때가 있어. 그러니까 뭐든지 말해도 좋아."

설마 날 그렇게 생각하고 있을 줄은 상상도 하지 못했다. 고마운 마음이 가슴에 꽉 차서 말이 나오지 않았다. 그래도 내 생각과 감정이 전해지도록 최선을 다해서 이야기했다.

누나는 진지한 표정으로 귀를 기울였고 마침내 이야기가 끝나자 분위기를 밝게 만들려는지 농담을 꺼냈다.

"도루는 정말로 행복한 아이네. 마오리에다가 이즈미, 어여쁜 두 사람이 소중히 생각해주니 말이야."

"아니에요. 저야 그냥."

당황해서 부정하는 나를 보며 누나는 입가에 웃음을 띤 뒤 조금 슬픈 듯한 표정을 지었다.

"이즈미는 아직도 도루를 좋아하는구나."

한순간 내 세계가 고요해졌다.

지금까지 보지 않으려 했던 일이었다. 계속한대도 아무 의미가 없으니까. 어디에도 갈 수 없고 다다를 수도 없으니까. 하지만 나는 인정해야 하는지도 모른다.

나는 여전히 도루를 좋아했다. 도루만을 좋아한다.

"그럴, 지도 몰라요."

"첫사랑인 거지?"

"……네. 잊으려고……, 노력은 했어요. 억지로 다른 사람을 사귀어보기도 하고. 하지만 처음부터 분명, 잘 되지 않을 거라는 걸 알고 있었어요. 결국은 제멋대로 이별을 고하고."

"그랬구나. 힘들었겠어."

"어떻게 하면 좋아요? 어떻게 해야 도루를 잊을 수 있을까요? 전 슬픔을……, 극복할 수 있을까요?"

나는 언제나 슬픔을 느끼지 않는 척했다. 부모님의 사이가 나빠졌을 때부터 그랬다. 하지만 말로 꺼낸 뒤에야 깨달았다. 뼈아픈 슬픔을 느꼈다.

도루가 죽고 나서 나는 줄곧 슬펐는지도 모른다. 지금도 여전히.

고개를 떨구고 있자니 누나가 약간 주저하는 기색으로 말을 이었다.

"도루를 잊을 수 없어 괴로운 거라면……. 우선은 자신을 잊어보는 것도 한 방법일지 몰라."

그 말에 재촉이라도 당한 것처럼 얼굴을 들었다. 내 탓에 어두워지려는 분위기를 환기하듯 누나는 옅은 미소를 지어 보였다.

도루의 누나는 나와 똑같은 20대이지만 수많은 경험을 해온 사람이었다.

나는 생각지도 못했던 조언을 해주었다.

"자신을요?"

"응. 이를테면, 이즈미는 뭔가 해보고 싶은 일 없어?"

"⋯⋯있어요."

생각보다 대답이 빨라서였을까. 누나가 놀란 얼굴을 했다. 그 표정이 다시 상냥하게 바뀌었다.

"목표란 건 인생을 심플하게 해주거든. 만약 하고 싶은 일이 있다면 자신을 잊을 정도로 그 일에 몰입해보는 것도 좋을 거야. 그러는 동안에도 시간은 흘러가니까. 그러면 서서히 여러 가지 일이 과거가 되어가지. 잊을 수 없다고 생각했던 일도 잊을 수 있을지 몰라."

"목표⋯⋯."

중얼거린 목소리는 매우 작았지만, 죽음과 슬픔 같은 것으로 꽉 채워진 내 안에서 그 말은 매우 긍정적으로 울렸다.

어릴 때부터 수없이 보고 들었음에도 그동안 잊고 있던

말이었다.

마음이 고요하게 흔들리는데 도루의 누나가 온화한 미소를 지으며 물었다.

"이즈미가 하고 싶은 일은 어떤 거야? 억지로 묻진 않겠지만 혹시 괜찮으면."

"저……, 소설을 쓰고 싶어요."

대답하고 나니 풋내기가 무슨 말을 한 건가 싶어 부끄러웠다. 지금까지 누나에게 소설을 쓰고 싶다고 말한 사람이 얼마나 많겠는가. 그때마다 곤란했을 텐데.

"그렇구나. 어떤 소설을?"

하지만 누나는 싫은 내색을 하기는커녕 상냥하게 다시 물었다.

웃는 얼굴을 보자 마음속에 간직해두었던 생각이 터져 나왔다.

"실례가 안 된다면……, 저 나름대로 도루에 대해 써보고 싶어요."

한 번 시도하기는 했지만 완성하지 못한 채 멈춰 있다.

하지만 말할 기회는 이 자리밖에 없다는 생각에 용기를 내어 계속 이야기했다.

"잊고 싶다면서 도루에 관해 쓴다는 게 모순일지도 몰

라요. 하지만 제 안에서 정리하기 위해서라도 꼭 써보고 싶어요. 그래서 그걸 공모전에, 언니에게……."

나는 그 소설을 도루의 누나가 읽어주길 바랐다. 누나는 나 이상으로 도루를 잘 알뿐더러, 내가 마음으로 존경하는 소설가이기도 하니까.

나는 눈앞에 있는 이 사람의 말에 얼마나 구원받았는지 모른다. 고독했던 내가 니시카와 게이코의 소설을 읽고 그녀의 사상과 문장에 얼마나 용기를 얻었는지 모른다.

그런 사람에게 변변찮은 소설을 읽게 할 수는 없다. 그렇기에 도루의 누나가 심사위원인 문학상에 투고하겠다고 마음먹었다. 제대로 된 형태로 보여주고 싶었다.

다만 이 이야기를 심사위원인 누나 앞에서 해도 될지 망설여졌다.

애초에 완성할 수 있을지도 불분명하다. 투고 마감일은 약 3개월 앞으로 다가와 있었다.

무엇보다 자신의 남동생을 모델로 소설을 쓴다는 게 누나로서 내키지 않을 수도 있다.

"기대하고 있을게."

그런데 도루의 누나는 하물며 웃는 얼굴로 그렇게 말했다. 내가 말하지 않은 마음까지도 분명히 헤아린 뒤에 차분하고 온화하게 말해주었다.

"언젠가……, 이즈미의 소설이 내 손에 들어올 날을. 이즈미는 쓸 수 있어. 너만의 소설을."

5

가을이 지나가고 어느덧 겨울로 접어들어 12월이 되었다. 봄부터 여름 그리고 가을에서 겨울로 계절이 바뀌어가는 동안 여러 가지 일이 있었다.

아무것도 이루지 못한 기분도 들고 소중한 무언가를 붙잡은 것 같기도 한, 그런 날들이었다.

단 한 가지 분명한 건 내게도 목표가 생겼다는 사실이다.

도루의 이야기를 소설로 써서 언젠가 문학상에 응모하겠다는 것, 그래서 도루의 누나에게 선보이겠다는 목표.

"슬픔과 괴로움은 다른 사람에게 터놓으면 의미가 달라지거든. 거기에서 약간 벗어날 수 있지. 그러니까 언제든지 털어놓을 수 있는 사람을 정해놔. 가령……, 나라든지."

그날 헤어질 때 도루의 누나가 내게 그렇게 말해주었다.

"그래도 돼요? 저 같은 사람이……."

"말했잖아. 내게 이즈미는 여동생 같은 존재라고. 지금까지 너의 슬픔과 괴로움을 알아차리지 못해서……, 미안해. 하지만 앞으로는, 내가 있으니까."

그 이후 내가 편하게 상의할 수 있도록 누나는 자신이 먼저 메시지나 전화로 연락해왔다.

그 따뜻한 배려에 가슴이 떨렸다. 이 사람이 진짜 내 언니라면 얼마나 좋을까 하는 생각까지 들었다.

하지만 누나가 보기엔 어떨까. 나를 친동생이라면 좋을 텐데, 라고 생각해줄까?

아니, 부족하다. 현재의 내 모습으로는 결코 누나의 자랑이 되지 못한다.

……나는 지금까지 나 자신의 인생을 걸고 있다고 믿었다. 하지만 도루가 죽은 날부터 실은 한 발짝도 앞으로 나아가지 못했는지 모른다.

세상에서 사라진 도루만을 줄곧 생각하고, 도루만이 소중해서. 그래서…….

나를 좋아하는 후배 남자애마저 쉽게 상처 입혔다.

그리고 나는 실감했다. 도루의 죽음에 누구보다도 갇혀 있던 사람은 바로 나 자신이라고.

그런 자신을 깨닫자 오랜만에 정말 숨통이 확 트인 기

분이었다.

지금부터 점차 나의 인생이 시작될지 모른다. 아니, 시작해야 한다. 그러기 위해서라도 목표를 정해서 나를 잊을 정도로 그 일에 몰두해보고 싶다. 나 자신을 시험하고 싶다.

그렇게 목표를 정해 나아가기 전에, 내게는 우선 해야 할 일이 있다.

나루세에게 사과하는 일이다. 나는 그 애에게 심한 짓을 했다. 잘못된 방법으로 도루를 잊으려고 나루세를 끌어들였다. 연애로, 나 좋을 대로 쉽사리 상처 입혔다.

수족관에서 데이트한 이후, 나루세와는 얘기를 나누지 않았다. 어색해서였을까. 특히 여름방학이 끝난 뒤로는 대학교에서 얼굴을 마주하는 일조차 없었다. 겨울이 된 지금까지도 그 상태가 계속되고 있다.

"나루세? 몰랐어? 걔 2학기부터 휴학했어. 혼자 살던 방도 계약 해지한 것 같던데?"

도루의 누나와 만나고 그다음 주에 남자 동급생에게서 이런 말을 들었다.

이상할 정도로 학교에서 나루세와 마주치지 않는 것이 의아해서 나는 그와 같은 고등학교 출신인 동기에게 물어보았다.

"휴학했다고?"

생각지도 못한 대답이 돌아와 너무나 놀랐다. 자세한 이유는 모른다고 해서 걱정이 되었다.

내가 원인일까. 그를 그렇게나 깊이 상처 입힌 것일까.

동급생에게 고맙다고 인사한 후 나는 용기를 내어 나루세에게 메시지를 보냈다.

― 휴학했다며?

읽음 표시도 바로 뜨지 않고 답장도 없다. 밤이 되자 메시지가 왔다.

― 오랜만이에요, 와타야 선배. 연락 고맙습니다. 그게, 사정이 있어서 휴학했어요.

그 부드러운 문장에 안도하면서 내가 긴장했었다는 걸 깨달았다. 미움받고 있을지도 모른다고 각오했지만 메시지를 보니 나를 불편하게 여기는 것 같지는 않았다.

사정이라는 말이 마음에 걸렸으나 가정사일지도 몰라서 쉽게 물어볼 수 없었다. 아직 약간 긴장하면서도 아무렇지 않게 인사했다.

― 그랬구나. 잘 지내고?

― 잘 지내요. 어려운 일도 많지만 어찌어찌해나가고 있어요.

— 지금은 뭐 하며 지내?

— 하루 종일 아르바이트해요.

휴학하고 아르바이트? 역시 집에 무슨 일이 있는 걸까?

나와의 일이 계기가 되어 다정한 그에게 불행이 찾아온 것은 아닌지 불안해졌다.

사과하면서 무슨 일이 있었는지를 물으려 했다.

— 저어, 선배!

나보다 앞질러 나루세가 메시지를 보내왔다.

— 이렇게 다시 이야기할 수 있어서 무척 기뻐요.

무심코 그의 글을 쳐다본다. 그러는 사이에 새로운 메시지가 도착했다.

— 대학에서 선배를 알게 돼서 정말 좋았어요.

— 나는 나루세에게 못 할 짓만 했는걸.

— 그렇지 않아요. 처음부터 내게는 과분했어요.

메시지를 주고받으며 다시금 절실히 느꼈다. 그는 말할 수 없이 다정하다.

순수하고 겸허하고 욕심도 없고…….

— 난 아무것도 갖고 있지 않으니까.

그런 나루세가 어딘가 쓸쓸하게 느껴지는 메시지를 보내왔다. 그렇지 않다고 부정하고 싶었지만 문자를 치려 할 때 다음 메시지가 들어와 기회를 놓치고 말았다.

— 선배는 지금 어떻게 지내요?

— 나? 나는 똑같아. 학교에 다니면서 가끔 엄마 일 도와 아르바이트도 하고.

그 외에 노력하는 일도 있었다. 나루세에게는 솔직히 전하기로 했다.

— 그리고, 소설을 쓰고 있어.

— 소설이요?

— 응. 공모전에 투고해보려고. 비밀이야.

뭐라고 말해야 할지 망설이는 걸까. 아주 잠깐 쩜을 두었다가 대답이 왔다.

— 그렇군요. 비밀을 알려줘서 고맙습니다.

깍듯한 그의 문장에 나는 슬며시 웃으며 잇달아 메시지를 입력하려 했다.

— 아, 죄송해요. 이제 다시 일하러 가야 해서요.

하지만 나루세가 아르바이트로 돌아가야 할 시간이 된 모양이다.

나는 그에게 사과하고 싶었다.

하지만 그제야 비로소, 그건 단순히 내 마음을 편하게 하기 위한 행동일 뿐이라는 걸 깨달았다.

이제 와 사과해봤자 그에게 마음만 더 쓰게 할 뿐이다. 그렇다면 미안한 마음을 짊어지고서 살아가는 것이 내 임무일지 모른다. 쉽게 편해져서는 안 된다.

― 시간 빼앗아 미안해. 고맙고.

― 날씨가 추우니까 건강 잘 챙겨요.

― 알았어. 나루세도 잘 지내.

― 선배도 잘 지내요. 또 언젠가.

나루세와의 대화가 끝났다. '또 언젠가'라는 글자를 바라보며 나도 모르게 반년 전까지만 해도 바로 옆에 있었던 그 사람과 헤어졌구나, 라고 실감했다.

이렇게 나는 또 혼자가 되었다. 누구나 다 혼자 걸어간다. 나뿐만이 아니다.

크리스마스 분위기가 물씬 풍기는 거리를 모른 척한 채 학교에 다니면서 공모전에 응모할 소설을 썼다.

응모 장르는 단편과 중편 분량의 순수문학으로, 응모 규정 매수는 많지 않았다.

우선은 완성하는 것이 중요하다고 생각했다. 시행착오를 거친 끝에 연말에는 초고를 완성했다.

변변찮지만 처음으로 소설을 완성했을 때는 조금 감동했다.

하지만 앞에서부터 다시 읽고서 지금 이대로는 도저히 안 된다는 것을 알았다.

처음부터 소설을 다시 썼다.

그 무렵에는 학교도 겨울방학 기간이라 점심 먹는 것도 잊고, 저녁 식사마저 거르고, 잠자는 것도 잊은 채 그저 컴퓨터 앞에 앉아 소설을 썼다.

깨닫고 보니 새해가 된 지 사흘이 지나 있었다. 새로 쓴 소설의 초고가 완성되었다.

아직도 부족한 글이었지만, 초고를 토대로 과부족을 점검하고 그 이후 수정 작업을 계속했다.

무언가에 집중하고 있으면 과거에서, 슬픔에서 일시적으로 자유로워졌다.

도루에 관한 이야기를 쓰면서 객관적인 시각으로 바라보게 되었기 때문일까. 도루의 존재 자체를 잊을 때도 있었다.

내가 소설 쓰기에 집중하듯이 마오리도 입시 공부에 전념했다. 그래도 때때로 메시지나 전화를 주고받으며 여느 때처럼 농담을 하고 이야기를 나눴다.

이윽고 2월 말 소설 응모 마감일이 다가왔다. 나는 처음으로 공모전에 투고했다.

3월이 되어 마오리에게 대학에 합격했다는 연락을 받았다.

봄방학 때는 합격 축하를 겸해 마오리와 벚나무 가로수 길이 유명한 공원으로 꽃구경을 갔다. 고등학교 2학년 봄방학 때 마오리와 도루, 나 이렇게 셋이서 꽃구경을 했던 곳이다.

한창 꽃구경을 하던 마오리가 도루를 떠올리더니 눈물을 흘렸다.

소중한 건 전부 자신 안에 있다고, 언젠가 도루를 기억해내겠다고, 마오리는 그렇게 말했다.

나는 도루를 잊으려 하고, 반대로 마오리는 생각해내려고 애쓰고 있었다.

그 대비를 아무 말 없이 바라본다. 어느 쪽이 옳다고도 틀렸다고도 생각하지 않는다. 각자 살아가는 방법이 있을 뿐이다.

4월이 되어 나는 3학년이 되었고 마오리는 다른 대학교 1학년이 되었다. 소설 응모는 끝났지만 아직 부족하다는 생각이 들어 삭제하고 새로 추가하면서 전체적으로 다시 손을 보았다.

도루의 누나에게도 가끔 연락이 왔다. 도쿄에 사는 누

나가 이곳에 올 일이 생기면 만나서 차를 마시기도 하고 가끔은 저녁을 함께 먹기도 하면서 평온한 날을 보냈다.

"어떻게 해야 도루를 잊을 수 있을까요?"

반년쯤 전의 어느 날, 누나에게 그렇게 물었던 일을 떠올렸다. 그 무렵에 비해 훨씬 편해지기는 했다. 목표를 정하고 무언가에 몰두하는 일의 건전함에 놀라움을 느꼈다.

잊을 수 없다고 생각했던 일도, 잊어간다.

그래도 아직 내 안에는 도루가 있다. 꿈속에 나타나기도 한다.

고등학교 건물 안에서 도루처럼 보이는 인물의 뒷모습을 발견하고 죽을힘을 다해 그 뒤를 쫓아간다. 하지만 도루에게는 결코 다다르지 못한다.

눈을 뜨면 울고 있었고 도루를 과거로 보내줘야 한다고 수없이 생각했다.

그러는 동안에 계절은 여름으로 바뀌었다.

소설 공모전 결과는 7월 말, 잡지 지면에 발표된다고 했다. 잡지는 매월 사 보고 있었지만 수상작의 심사 과정은 확인할 수 없었다. 도루의 누나도 딱히 아무 말도 해주지 않았다.

대학교 3학년 때부터 시작된 취업 활동 설명회에 참석

하고, 시험에 대비해 공부하는 동안 어느덧 수상작 발표일이 되었다.

수상자 명단에 내 이름은 없겠지. 사전에 출판사에서 아무런 연락을 받지 못했기에 떨어졌다는 건 알고 있었다.

여느 때처럼 잡지를 구입해서 수상작 발표 페이지를 펼쳤다.

예상했던 대로 내 이름은 그곳에 없었다.

아쉬웠지만 어쩔 수 없다. 내 능력으로는 아직 이르다. 그래도 상관없다. 앞으로 시간을 들여 걸어가자. 계속 걸어가다 보면 어딘가에 다다를 테니까.

그런 생각을 하며 수상자들의 작품과 이름을 확인해나갔다.

……한순간, 나는 글자를 인식할 수 없었다.

소설 외에도 사진과 그림 수상작이 발표되어 있었다. 사진 작품상의 가작 명단에 익숙한, 하지만 잊을 수 없는 이름이 작품명과 함께 실려 있었다.

<마지막 결빙> 가미야 도루

가미야 도루.

그 글자를 인식하는 데 시간이 걸렸다. 하지만 틀림없다. 그곳에 쓰여 있는 것은 내가 잘 아는 사람의 이름이었다.

꿈이 현실로 스며 나온 듯한, 종잡을 수 없는 감각에 사로잡혔다.

어떻게 된 일일까. 단순히 우연일까. 그렇겠지. 그렇게밖에 생각할 수 없다.

도루는 이미 이 세상에 없다. 어디를 찾아봐도 가미야 도루는 없다.

다만 머릿속 한구석에서 1퍼센트, 아니 그보다 더 희박한 가능성으로, 실은 도루가 살아 있는 게 아닐까, 라고 생각했다.

'혹시 내가 죽으면 히노 일기에서 날 지워주면 좋겠어.'

그 뒤 일어난 일은 전부 거짓이고, 어쩌면 도루와 누나가 어떤 의도를 가지고 꾸민 일로⋯⋯.

사실은 도루가 살아 있고, 모든 것이 안정된 지금 어딘가에서 하고 싶었던 사진을 마음껏 찍고 있는 게 아닐까 하고. 어딘가에서 다른 인생을 보내고 있는 게 아닌가 하고.

영화에 등장한 그 인물처럼.

하지만 그런 일은 있을 수 없다. 도루의 경야에도 장례식에도 참석했었다.

관 속에 잠들어 있는 도루의 얼굴을 나는 보았다. 차가웠던 그 감각을, 알고 있다.

그랬는데…….

― 사진 작품상 가작, 봤어요. 그건 도루가 아니죠?

그래도 마음이 진정되지 않아 도루의 누나에게 메시지를 보냈다. 얼마 후 답장이 왔다.

누나답게 다정한 말투로 쓰인 답장에는 그에 대한 명확한 답은 없었다. 그 대신 놀랄 만한 제안이 쓰여 있었다.

― 소설과 사진, 그림까지 모두 모아서 다음 달에 시상식이 있어. 괜찮다면 이즈미도 초대 손님으로 축하회장에 들어올 수 있도록 해놓을게.

나는 숨을 고르며 이어진 메시지를 읽어 내려갔다.

― 와서 네 눈으로 확인하면 좋겠어. 장소는 도쿄일 텐데 괜찮아?

정말로 어떻게 된 일일까. 누나는 뭔가를 알고 있을까. 단순한 우연이라면 그렇다고 알려줄 거라고 생각했다.

― 알겠어요. 고맙습니다.

의문을 품은 채, 답장에 대한 감사의 마음을 메시지로 보냈다. 마오리에게 말해야 하나 망설였지만 혹시라도 우연이라면 혼란스럽게만 할 뿐이라고 생각했다. 우선은 내가 확인하고 그 뒤의 일은 누나와 상의해서 결정해야 한다.

이윽고 기말시험도 끝나고 여름방학이 시작되었다. 도루의 누나가 시상식에 관한 메시지를 보내왔다.

— 오늘 나는 심사위원 일 때문에 같이 있어 주기 어려운데 괜찮겠어?

— 그럼요, 괜찮아요. 걱정해주셔서 감사해요.

누나에게 답장을 보낸 뒤 나는 무심코 스마트폰을 열어 사진을 보았다.

고등학교 3학년인 내가 거기에 있었다.

빈 교실 의자에 앉아서 사진을 찍는 상대에게 웃어 보이고 있다.

생전의 도루가 문화 축제 날에 찍어준 사진이다.

마오리에게도 누나에게도 보여주지 않은, 나만이 아는 도루가 남긴 사진이다.

이 사진을 찍은 도루가, 축하회장에 있는 걸까.

진정되지 않는 마음으로 그날을 맞이했다. 축하 행사가 열리는 시각은 이른 저녁이었다. 늦지 않도록 신칸센을 타고 도쿄로 향했다. 옷도 행사에 어울리는 것으로 미리 준비했다.

행사는 역사와 전통이 있는 호텔에서 개최되었다.

행사장 앞 접수처에서 이름을 대고 안으로 들어갔다. 호텔의 다른 장소에서 미디어를 초청한 시상식이 거행된 뒤, 이 연회장에서 축하 행사가 열린다고 했다.

몇 명밖에 없던 연회장 안에 점점 사람들이 모여들었다. 시간이 되어 사회자가 단상에 오르자 웅성거리던 소리가 잦아들었다. 사회자의 진행에 따라 수상자가 장내로 입장하고 축하 행사가 시작되었다.

소설, 사진, 그림 각 부문의 수상자가 단상에 올라섰다. 사회자가 연회장에 모인 사람들을 향해 수상자의 이름과 작품을 소개했다.

거기에 '가미야 도루'가 있었다.

믿을 수 없었다. 익숙한 이름, 양복을 입은 익숙지 않은 모습. '가미야 도루'가 수상 소감을 말했고 수상자들의 인사가 모두 끝나자 단상에서 내려왔다.

환담 시간이 시작되었다. 수상자들은 많은 사람에게 둘러싸여 축하 인사를 받았다.

나는 아무 말 없이 발걸음을 옮겼다. 목구멍이 바싹 말랐다.

거리를 둔 채 눈에 새기듯이 양복 차림의 '가미야 도루'를 찾았다.

그러자 그가 시선을 알아차렸다. 내 쪽으로 얼굴을 돌리더니 놀란 표정을 지었다.

우리는 그대로 몇 초간, 서로를 바라보았다. 언젠가 그와 이렇게 눈을 마주 본 적이 있었던 듯했다. 그게 언제였더라. 어떤 상황이었더라.

놀라서 얼어붙은 내게

그가 웃어 보였다. 그리고 내 앞까지 다가왔다.

"와타야 선배!"

거기에 있는 사람은 진짜 가미야 도루가 아니었다.

내 대학 후배였다.

가미야 도루라는 이름으로 수상한 그가…….

나루세 도루가 거기에 있었다.

4
장

마
지
막 결
빙

1

지금까지 내 인생은 아주 평범했다.

강한 의지를 가지고 무언가를 손에 넣어본 적도 없고 반대로 놓아버린 적도 없었다.

나루세 도루('도루'라는 이름은 투명하다는 뜻의 '透'를 쓴다)라는 이름대로 투명인간처럼 희미하게 살아왔다.

하지만 어쩔 수 없다. 내게는 나만의 무기가 없으니까. 재능도, 개성도…….

'과연 이대로 괜찮은 걸까?'

어느 날, 그런 자신에게 강렬한 의문이 들기 시작했다.

와타야 선배와 헤어진 일이 계기였다. 내게 과분한 사

람이라는 건 처음부터 알고 있었고 무엇보다도 제안받은 조건을 지키지 못한 건 나다.

'사귀어도 되지만 조건이 있어. 날 정말로 좋아하지 말 것. 지킬 수 있어?'

미련이 남았다는 건 알고 있었지만 헤어진 다음에도 수차례 생각했다.

그때, 나는 뭐라고 대답했어야 할까.

'난……, 다정한 남자를 좋아하지 않아.'

아니면 처음에 선배가 그렇게 말하고 선을 그었을 때 바로 포기했어야 할까.

나는 처음에 와타야 선배의 그 말을, 곧이곧대로 받아들였다. 단순히 다정한 남자가 싫은 거라고 생각했다.

하지만 선배의 친구인 히노 마오리 누나와 이야기를 나누면서 실제로는 그렇지 않을지도 모른다는 것을 알았다. 와타야 선배가 잊지 못하는 상대는 다정한 사람이었구나 하고.

나는 어쩌면 그 사람과 약간 성격이 비슷한지도 모른다.

어쩌면 그 사람의 하위 버전일 수도 있다. 그런대로 다정하고, 그런대로 성실하고, 그런대로 눈치 빠르고, 그런대로…….

내게는 나만의 무기가 없다는 사실이 인생에서 처음으로 한심하게 느껴졌다.

단순히 하위 버전이 아니라 내게 뭔가 특별한 것이 있었다면 선배는 계속해서 나와 사귀었을까. 내가 특별한 무언가를 손에 넣으면 선배가 다시 날 돌아봐줄까.

내 손에는 문학잡지 한 권이 들려 있었다.

와타야 선배가 경애하는 작가 니시카와 게이코 씨. 그녀가 심사위원 중 한 명인 문학상을 공모하고 있는 잡지다.

히노 누나와 패밀리 레스토랑에서 만나 이야기한 뒤, 나는 그 잡지를 찾아 구입했다. 와타야 선배가 소설을 쓰고 있다는 이야길 듣고, 그 잡지의 문학상에 응모할 생각일지도 모른다는 데 생각이 미쳤기 때문이다.

하지만 그걸 알았다 해도, 그리고 잡지를 구입했다 해도 의미가 없다는 것쯤은 알고 있었다. 와타야 선배가 하려는 일을, 나는 그저 지켜보고 있을 수밖에 없다.

그런데 오직 소설만 뽑는다고 생각했던 그 잡지에서 사진과 그림 부문도 함께 공모하고 있었다. 나는 사진이라는 두 글자를 무심코 바라보았다. 이런 곳에서 다시 만날 줄은 미처 생각지 못했다.

'나루세는 결국 진심으로 뭔가를 할 수 있는 사람이 아

니군. 머리도 좋고, 하면 잘하긴 하는데…….'

사진이라는 단어를 볼 때마다 내 안에서 무언가가 상처 입었다.

초등학생 때 나는 그저 순수하게 사진을 좋아했다.

사진을 좋아하게 된 계기는 아주 단순했다. 수학여행으로 갔던 관광지에서 친하게 지내던 같은 반 여학생 무리가 누가 사진을 찍을지를 두고 곤란해하고 있었다.

그때 내가 나서서 사진을 찍어주었는데 모두 좋아했다.

그뿐만이 아니다. 카메라를 들이대고 사진을 찍으면 모두가 웃는 얼굴이 된다.

한번 사진을 찍으면 다른 아이들도 다가와 사진을 찍어 달라고 부탁했다. 또 카메라를 들이대면 모두 환하게 웃었다. 그때까지 사진을 찍어본 적 없었던 나는 이러한 상황에 적잖이 놀랐다.

사진은 사람을 웃게 만든다는 것을 알았다. 그 후, 나는 학교에서 행사가 열리면 사진 담당 준비위원으로 일했다. 체육대회나 문화 축제 같은 행사에서도 카메라를 들고 있으면 "찍어줘, 찍어줘" 하며 모두가 다가왔다.

초등학교를 졸업하고 입학한 중학교에는 운 좋게도 사진부가 있었다.

선배도 동급생도 모두 좋은 사람들이었다. 우리는 학교 행사가 열리면 고문 선생님이나 학생회의 부탁을 받아 많은 사진을 찍었다. 거기에는 사람들의 웃는 얼굴이 있었다.

"단순히 기록용 스냅 사진이야."

이 사진부에는 특이한 남학생이 한 명 있었다. 사쿠라이라는 성을 가진 3학년 선배였다.

중학교 사진부는 좋은 의미로도 나쁜 의미로도 화기애애한 동아리였다. 거기서 단 한 사람, 진지하게 사진을 찍던 사람이 사쿠라이 선배였다.

사쿠라이 선배는 사진을 대하는 마음가짐의 차이 때문인지 사진부를 싫어했다. 기자재를 자유롭게 사용할 수 있기에 어쩔 수 없이 부원으로 들어온 느낌이어서 부원들도 대개 불편해했다.

하지만 사쿠라이 선배에게는 압도적인 실력이 있었다.

초등학생 때부터 사진 콘테스트에서 상을 탔고, 중학교에 들어온 뒤에는 어른도 무색할 정도의 사진을 찍어 유명한 사진 콘테스트에서 우수상을 여러 번 받았다.

그런 사쿠라이 선배를 나는 순수하게 존경했다. 삐딱한 성격이기는 했지만 그런 점까지 포함해 멋있게 느껴졌다.

그리고 자부심인지 모르지만 아무리 매정하게 대해도

계속 말을 걸어오는 나를 그 선배도 밉게 보지는 않는 것 같았다. 내가 찍은 사진을 부실에서 보여주면 어이없어하면서도 흐뭇한 미소를 지었다.

"나루세는 왜 사진을 찍지?"

여름방학 전의 어느 날, 사쿠라이 선배가 물었다. 다른 부원들은 밖으로 사진을 찍으러 나가고 부실에는 나와 선배 둘뿐이었다.

"사진을 찍으면 모두 웃는 얼굴이 되니까요."

"……나루세답네."

내 대답에 사쿠라이 선배는 언제나처럼 아이를 보는 듯한 눈으로 웃었다.

"사쿠라이 선배는 어떤데요?"

"나? 나는……. 사진이 나를 특별한 사람으로 만들어주니까."

그건 내게는 없는 발상이었다. 내게 사진은 사람들의 웃는 얼굴과 함께하는 것이지 나를 바꾸는 무언가는 아니다.

놀란 표정을 짓는 내게 사쿠라이 선배가 웃어 보였다.

"있잖아 나루세. 너도 그렇고 이 학교 사진부가 찍고 있는 건 단순히 기록용 스냅 사진이야. 그곳에 있는 것을 아무런 의도 없이 그저 잘라낼 뿐이지, 사진을 만들어내는 게 아니야."

"네? 사진을, 만들어낸다고요?"

내 얼빠진 물음에 선배가 다시 미소를 보였다.

"너만 좋다면 내가, 사진 만드는 법이 뭔지 가르쳐줄게."

아마도 선배 특유의 변덕스러운 기질에서 비롯된 제안이었을 것이다.

중학교 1학년 그 여름에 나는 사쿠라이 선배에게 사진 만드는 법을 배웠다. 그에 필요한 최소한의 기술도 철저히 배웠다.

그 결과, 여름방학이 끝난 뒤 열린 중학생 대상의 사진 콘테스트에서 입상했다.

입상이라 해도 몇십 편을 뽑는 가작 중 하나에 불과했다. 그래도 내게는 쾌거였다. 가족은 물론 친구들과 사진 부원들도 자신의 일처럼 기뻐해주었다.

사쿠라이 선배도 역시 기뻐해줄 거라 생각했다. 콘테스트에 출품한다는 얘기는 했지만 사진은 혼자 찍고 직접 고르라는 조언을 들은 터였다.

부실에서 두 사람만 남았을 때, 사쿠라이 선배에게 가작에 뽑힌 사진을 보여주며 수상 사실을 알렸다. 선배는 진지한 표정으로 사진을 바라보더니 왠지 서글픈 표정을 지었다.

"나루세는 가작으로 만족하나?"

그 목소리는 두 사람만 남은 부실에 유난히도 크고 차
갑게 울렸다.

"만족하냐고 하면……, 충분하고도 남지요. 좋은 기념
이 되었다고 할까."

"더 좋은 상을 목표로 하고 싶다는 생각은 안 드니?"

사쿠라이 선배가 사진을 찍을 때와 같은 눈으로 나를
쳐다보고 있었다. 한마디로 진지했다.

나는 내 마음을 점검하고 난 뒤에 대답했다.

"가작도 제겐 아까울 정도인걸요. 선배에게 배우고도
이렇게 말하는 건 뭣하지만, 이 상을 받은 것도 분명 우연
의 산물일……."

"더 진지하게 도전했더라면 달랐을 거야."

"네에?"

"나는 나루세에게 그 콘테스트라면 적어도 우수상은 받
을 수 있는 사진 만드는 방법을 가르쳐줬어. 너에게 재능
은 있었지. 그렇지 않으면 가르쳐주지도 않았을 거고.
그런데 넌 스스로 자신의 한계를 정해놓고 거기에 안주해
버렸어."

사쿠라이 선배가 화를 내는가 싶었다. 하지만 아니었다. 슬퍼하고 있었다.

그는 자신처럼 진심을 다해 사진에 몰두할 사람을 찾은 건지도 모른다.

사쿠라이 선배의 고독을 내가 배신한 것이다.

"나루세는 결국 진심으로 뭔가를 할 수 있는 사람이 아니군. 머리도 좋고, 하면 잘하긴 하는데…….."

그 말을 남기고 선배는 부실을 나갔다. 내 인생에 강렬한 인상을 남기고 조용히 사라졌다.

둘 다 부 활동을 그만둔 건 아니어서 서로 마주칠 기회는 있었다. 하지만 나는 이상하게 주눅이 들어서 그 이후로 사쿠라이 선배에게 말을 걸지 못했다.

그대로 계절이 흘러 두 학년 위인 사쿠라이 선배는 중학교를 졸업했다.

그가 고등학교에 진학하지 않고 도쿄에서 프로 사진작가의 어시스턴트를 하고 있다는 소식을 들은 것은 내가 중학교를 졸업할 때쯤이었다.

그로부터 3년 뒤 고등학교를 졸업할 무렵, 중학교 사진부 동문 모임이 있었다. 그곳에는 나중에 빈번히 얼굴을 마주치게 되는, 같은 대학에 진학한 선배도 있었다.

하지만 사쿠라이 선배는 그 동문 모임에 오지 않았다. 나와 두 살밖에 차이 나지 않는데도 이미 사진가로 독립해 활동한다는 소식을 들었다.

모두가 입을 모아 사쿠라이 선배가 SNS에 올리는 사진을 칭찬했다. 나도 스마트폰으로 그 사진들을 확인했다.

사진은 찍는 게 아니라 만들어내는 것.

스마트폰으로 손쉽게 아름다운 사진을 찍을 수 있는 요즘 시대에 사쿠라이 선배는 독자적인 방법을 추구했다. 사쿠라이 선배가 만드는 사진은 너무나도 아름다웠고 많은 사람에게 칭송받고 있었다.

그저 많이 찍어대기만 하는 나와 달리 역시 사쿠라이 선배는 사쿠라이 선배답게 자신만의 무기를 갖고 있었다.

그러한 그를 떠올리면서 나는 현재로 되돌아왔다.

'나루세는 결국 진심으로 뭔가를 할 수 있는 사람이 아니군. 머리도 좋고, 하면 잘하긴 하는데……'

사쿠라이 선배에게 들은 그 말은 지금도 내 안에 말뚝처럼 박혀 있다.

나는 특별한 인간이 아니다. 진심으로 무언가를 할 수 있는 사람이 아니다.

사진이라는 단어를 보고 들을 때마다 어쩔 수 없이 사

쿠라이 선배의 말을 의식하게 되었다. 나는 그 사실을 외면하고 한심한 자신을 받아들이고 있었다. 스스로 자신을 포기하고 있었다.

하지만……. 그런 모습으로는 좋아하는 사람이 돌아봐 줄 리 없다. 당연하다.

나는 구입한 문학잡지를 들고 있던 손에 무심코 힘을 주었다. 그리고 뚫어져라 바라보았다.

내가 특별한 무언가를 손에 넣는다면 와타야 선배는 놀랄까. 내 가치를 인정하고 돌아봐줄까.

갖고 싶었다. 특별한 무언가를 지금, 갖고 싶어서 견딜 수가 없었다.

평범하고도 평범한 사람으로 되는대로 살아온 내게, 태어나서 처음으로 무언가를 갖고 싶다는 열망이 생겼다.

손에 넣고 싶다고 간절히 바랐다.

그날을 기점으로 나는 시작하기로 마음먹었다. 필요한 것은 각오였다. 그 외에는 아무것도 필요하지 않다고 결론 내렸다.

마음이 있으면 있는 힘을 다하게 된다는 건, 그런 의미 였는지도 모른다.

사쿠라이 선배와 재회한 것은 그로부터 이틀 뒤, 아직

여름방학 중인 어느 날이었다.

나는 다시 한번 그에게 사진을 배우고 싶었다. 아니, 배워야만 했다.

자신을 바꾸려면 그때로 되돌아갈 필요가 있었다.

사쿠라이 선배의 동향은 SNS를 통해 알아냈다. 그가 활동하고 있는 도쿄에서 친구가 개인전을 열어 그 개인전 개최를 돕고 있다고 했다.

나는 굳게 마음먹고 그곳으로 찾아갔다. 전시회장에서는 관람객들 외에도 관계자로 보이는 몇몇 사람이 모여 조용하게 이야기를 나누고 있었다. 언뜻 보고서도 무리 안에 있는 사쿠라이 선배를 금방 알아볼 수 있었다.

선배가 있는 쪽으로 발걸음을 옮기는데 인기척을 느낀 선배가 내 쪽으로 시선을 돌렸다. 의아한 표정으로 나를 보는가 싶더니 곧 뭔가를 발견한 듯한 얼굴로 바뀌었다.

"가작은 싫습니다."

순간, 시간이 멈춘 것 같았다. 내 말에 사쿠라이 선배가 눈을 크게 떴다.

하지만 사실 시간은 멈추지 않았다. 계속 흘러갔다.

그리고 지금도 흐르고 있다. 무언가를 해도 하지 않아도, 여지없이 시간은 흐른다.

"이 말을 하는 데 6년이 걸렸습니다. 하지만 이젠 말할 수 있어요. 저는 지금, 가작으로는 만족할 수 없습니다. 무슨 일이 있어도 갖고 싶은 것이 생겼거든요. 그러니까……."

사쿠라이 선배의 친구와 전시회장을 둘러보던 손님들의 시선이 내게로 쏠렸다. 엄청나게 부끄러운 상황이다.

느닷없이 나타난 사람이 알 수 없는 말을 하고 있다.

그래도 나는 신경 쓰지 않았다. 뻔뻔하고 무지하다 해도 상관없었다.

그 대신, 욕심 없는 사람만큼은 되고 싶지 않다.

"제게 다시 한번, 사진 만드는 법을 가르쳐주십시오."

그러자 눈앞에 있는 사람이, 바로 그 사쿠라이 선배가 풋, 하고 웃었다.

언젠가 여름, 사진을 가르쳐주던 당시에 몇 번인가 보았던 표정이다. 그 여름 이후 한 번도 볼 수 없었던 웃음 가득한 얼굴이었다.

"나루세, 너 말이야……. 오랜만에 보는구나 했더니, 갑자기 그 말이냐?"

말과는 달리 사쿠라이 선배는 기쁜 듯 보였다. "근데 꽤 재밌는 사람이 되었네"라며 미소까지 지었다.

서로 하고 싶은 말도, 쌓인 이야기도 있었지만 그때의

우리에게 그런 건 필요 없었다.

사쿠라이 선배는 입가에 웃음을 띤 채 나에게 말했다.

"좋아. 마침 공짜로 부려 먹을 조수를 찾고 있었거든. 그 정도 각오는 되어 있겠지?"

사쿠라이 선배 밑에서 무보수로 어시스턴트 일을 한다. 사진을 배우는 조건이 그거였다. 나도 이의는 없었다. 어시스턴트로 일할 기간도 그 자리에서 정했다.

내가 목표로 하는 공모전의 결과 발표가 약 1년 후라, 그렇다면 깔끔하게 1년이 어떻겠느냐고 내가 먼저 제안했다. 그걸로 좋다고 선배가 승낙했다.

그 단계에서는 아직, 마음만 먹으면 상황을 되돌릴 수 있었다. 사쿠라이 선배에게 사과하고 혼자 살고 있는 집으로 돌아가 아무런 변화 없이, 달라질 수 없는 상태로 예전처럼 살아가면 된다.

하지만 나는 지금까지의 나 자신이 싫어서 여기 온 게 아닌가. 설령 앞으로의 1년이 헛된 시간이었다는 결과가 나온대도 상관없다. 재수를 했다고 생각하면 이쯤은 아무것도 아니다.

다만, 최소한 부모님에게 짐이 되는 것만은 피하고 싶었다. 어시스턴트 기간을 정한 뒤에 전시회장을 나와 부모님에게 전화를 걸었다. 휴학하겠다고 상의하기 위해서다.

2학기가 시작되기 전에 휴학을 신청하면 학비를 내지 않아도 된다는 걸 알고 있었다. 혼자 살던 방은 계약을 해지한다. 복학한 뒤에는 본가에서 학교에 다닌다. 이른 아침에 나오면 학교 강의 시간에 도착할 수 있다.

혼자 독립해 사는 건 부모님에게 받은 선물 같은 거라서 원래도 분에 넘치는 생활이었다.

그날은 토요일이라 아버지가 집에 계셨다. 휴학하고 싶다는 뜻을 전하자 놀라셨다.

당연히 이유를 물으셨고 나는 솔직히 대답했다.

"무슨 일이 있어도 지금, 하고 싶은 일이 있어서요."

"그건 지금이 아니면 안 되는 일이냐? 학교에 다니면서 하기는 어려운 일이야?"

"네. 지금 놓치면 아마 전 평생 후회할 거예요. 입시 이상으로 필사적으로 해야만 하는 일이 생겼거든요. 제 인생을 시험하는 의미에서도 꼭 해보고 싶어요."

아버지는 고민했다. 지금까지 멋대로 굴거나 조른 적이 없던 내가 느닷없이 불확실하고 애매한 고집을 관철하려 하고 있다.

"……휴학 기간은 얼마나 생각하고?"

"1년이요. 지금 휴학하면 학비를 내지 않아도 되고, 집은 계약을 해지하면 돼요. 그 준비도 할 거고요. 복학한 뒤에는 집에서 학교에 다닐게요. 그러면 제가 1년을 잃을 뿐, 앞으로 내야 하는 집세도 굳는 거니까 금전적인 손실은 없어요."

하고 싶은 일이 사진이라는 것까지도 다 말씀드렸다. 사쿠라이 선배와 공모전 응모에 관해서도 이야기했다. 잠시 후 아버지가 "알았다" 하고 허락했다.

"하지만 엄마가 걱정하니까 한 달에 한 번 정도는 연락하거라."

나는 아버지에게 감사 인사를 드리고 그 자리에서 머리를 숙였다. 그렇게 나는 1년 동안 대학을 휴학하고 사쿠라이 선배 밑에서 사진을 배우며 조수 일을 시작하게 되었다.

목표로 삼은 공모전 출품 마감은 내년 2월 말이다. 그때까지 약 반년 동안 죽을힘을 다해 노력해보자고 마음먹었다. 그래도 원하는 결과가 나오지 않으면 그걸로 접는 거다.

상을 받지 못하더라도 얻는 것이 있을 테고, 어쩌면 이것이 다른 일로 연결될 수도 있다. 그러나 지금은 거기까지는 생각하지 않았다.

내가 할 수 있는 데까지 부딪혀보고 좋아하는 사람이 돌아봐주도록 노력하는 거다.

이제 되돌릴 수 없다. 사쿠라이 선배와 이야기를 마무리 지은 후 그날 중으로 학교 근처의 집으로 돌아갔다.

임차 해지 절차는 죄송하지만 부모님께 부탁하기로 했다. 학교 수업과 관련된 물건은 본가로, 생활에 필요한 옷가지는 도쿄의 사쿠라이 선배 아파트로 보냈다. 그 외의 물품은 처분했다.

도쿄에서 생활할 곳은 방 하나에 거실과 부엌이 있는 아파트였다. 지은 지 꽤 오래되어 콘크리트가 드러난 그곳을 사쿠라이 선배가 주거 겸 작업실로 빌려서 사용하고 있었다.

"그럼 오늘부터 잘 부탁해, 나루세."

"네, 잘 부탁드립니다."

모든 걸 정리하고 도쿄로 옮겨간 날, 사쿠라이 선배와 그렇게 인사를 주고받았다.

최소한의 의식주는 선배가 보장해주고, 나는 작업실에 놓인 소파를 침대 삼아 지내기로 했다. 등이 아프긴 했지만 소파에서 잠드는 날들이 시작되었다.

어시스턴트라고 해도 업무의 대부분은 힘을 쓰는 일이

었다. 다양한 기자재를 스튜디오나 야외 촬영 현장까지 옮겨 사진을 찍기 위한 세트를 준비했다.

그러는 틈틈이 사쿠라이 선배에게 사진을 배웠다.

사진을 배우겠다면서 나는 한심하게도 내 카메라가 없었다.

사쿠라이 선배는 그런 내게 화를 내기는커녕 웃으며 예전에 자신이 쓰던 일안 리플렉스 카메라를 빌려주었다.

무슨 일이 있어도 공모전에서 상을 타고 싶다는 의지를 전하고 그 이유도 솔직히 털어놓았다.

선배는 내 이야기를 듣고는 폭소를 터뜨렸다.

"정말로 잠깐 안 본 사이에 꽤 재밌는 녀석이 되었군, 나루세."

사쿠라이 선배는 광고 사진가로 활동하면서 얼마나 상품의 가치를 높이느냐에 중점을 두고 사진을 찍었다. 상품도 사람도 모두 찍었다. 어떤 일에나 열의를 지니고 최선을 다해 놀랄 정도로 아름다운 사진을 만들어냈다.

선배의 허락을 받아 때로는 같은 피사체를 찍었다. 하지만 아무리 애써도 사쿠라이 선배와 같은 사진은 나오지 않았다. 카메라의 차이가 아니라 찍는 사람의 역량 차이였다.

"나루세의 사진은 너무 얌전해."

기자재가 있기 때문에 촬영 현장에는 사쿠라이 선배가 운전하는 차를 타고 갔다. 가는 도중에 그가 말했다.

"너는 얌전한 사진을 찍으려는 게 아니잖아? 상식을 버려! 자신의 룰을 깨부숴봐. 그러면 너의 룰이 얼마나 평범하고 작은지, 응용도 못 하고 다른 데 도움도 안 되는 얼마나 하찮은 것인지를 알게 될 거야."

기자재를 운반하고 촬영을 준비하고 파인더를 들여다보고 셔터를 눌렀다. 컴퓨터를 이용한 현상 방법도 배웠다. 단 하루도 카메라를 만지지 않는 날이 없었다.

어시스턴트 일만이 아니라 청소와 세탁, 다림질, 요리도 했다. 다림질까지는 하지 않아도 된다고 사쿠라이 선배가 웃으며 말했지만, 한번 결정한 일이라 손수건만은 반드시 다렸다.

여름인가 싶었는데 깨닫고 보니 가을이 되어 있었다. 사진가의 일에는 휴일이 없다. 아침 일찍 집을 나서 밤늦게야 돌아왔다.

그 가을도 끝나고 겨울로 들어설 무렵, 놀랄 일이 일어났다. 와타야 선배에게 연락이 온 것이다.

— 휴학했다며?

낮에는 어시스턴트 업무로 바빠서 메시지가 온 줄도 몰랐다. 밤이 되어 일이 일단락되고 나서야 메시지가 와 있는 걸 알고 설레는 마음을 억누르며 답장을 보냈다.

─ 오랜만이에요, 와타야 선배. 연락 고맙습니다. 그게, 사정이 있어서 휴학했어요.

─ 그랬구나. 잘 지내고?

─ 잘 지내요. 어려운 일도 많지만 어찌어찌해나가고 있어요.

─ 지금은 뭐 하며 지내?

─ 하루 종일 아르바이트해요.

휴학하기로 결정한 후, 대학 친구들에게는 연락을 해두었다. 일일이 이유를 설명하기엔 복잡해서 "좀 사정이 있어서"라고 대충 둘러댔다. 지금은 무엇을 하는지 물어오면 "아르바이트를 하고 있다"고 대답한다.

혹시 와타야 선배도 그 이야기를 전해 듣고 걱정돼서 연락한 걸까.

아니면 와타야 선배는 다정한 사람이니까 휴학의 원인이 그날의 헤어짐에 있을지 모른다고 생각해 마음 아파하며 메시지를 보냈을 가능성도 있었다.

─ 저어, 선배!

그렇게 생각한 나는 선배를 불렀다.

— 이렇게 다시 이야기할 수 있어서 무척 기뻐요.

그리고 잇달아 감사의 말을 보냈다.

— 대학에서 선배를 알게 돼서 정말 좋았어요.

— 나는 나루세에게 못 할 짓만 했는걸.

맘대로 좋아한 것도 나고, 쫓아다닌 것도 조건을 깬 것도 나다. 선배는 아무것도 심한 짓을 하지 않았다.

— 그렇지 않아요. 처음부터 내게는 과분했어요.

게다가 내가 와타야 선배에게 어울리지 않는다는 걸 처음부터 알고 있었다. 그도 그럴 것이…….

— 난 아무것도 갖고 있지 않으니까.

그런 메시지를 보내고 나니 대화가 무거워질 것 같았다. 이대로는 안 된다고 생각해 곧바로 화제를 돌렸다.

— 선배는 지금 어떻게 지내요?

— 나? 나는 똑같아. 학교에 다니면서 가끔 엄마 일 도와 아르바이트도 하고.

어떻게든 화제를 바꿨다는 데 안도했다. 그런데 선배의 다음 메시지를 보곤 놀랐다.

— 그리고, 소설을 쓰고 있어.

— 소설이요?

―응. 공모전에 투고해보려고. 비밀이야.

……내 짐작이 맞았다. 소설과 사진은 부문도 심사위원도 달랐지만, 선배도 분명 같은 잡지의 공모전에 응모하려는 게 틀림없다.

내가 내 이름으로 입상하면 선배가 그 사실을 알아줄지도 모른다.

이윽고 작업으로 돌아가야 할 시간이 되어 선배와 몇 마디 더 주고받은 뒤 앱을 닫았다.

와타야 선배에게 연락이 오기 전까지는 결과가 잡지에 게재되는 최종 심사까지만 오르면 충분하지 않을까 생각했다. 최종 심사까지 오르는 것도 하나의 성과라고 할 수 있으니까.

하지만 그건 단순히 실패해도 비난받지 않으려고 방어막을 쳐두는 것뿐이다. 온 힘을 다해 원하는 것을 손에 넣으려 했다가 이루지 못했을 경우 상처받지 않으려고 대비책을 세워두는 것뿐이다.

그런 어중간한 의지로는 안 된다. 아무것도 이룰 수 없다.

반드시 원하는 것을 이루겠다고 마음먹었다. 그리고 이루지 못했을 때는 상처 입자고 생각했다.

사진 찍는 법이 명확히 달라졌다고 자각한 것은 12월 하고도 중순이 되었을 무렵이었다. 다양한 이론과 견해가 있겠지만 사진은 창작 행위라는 사실을 뼈에 사무치도록 잘 알게 되었다.

찍는 것이 아니라 만드는 것. 다른 예술과 마찬가지로 의도를 가지고 창작해나간다.

때로는 사쿠라이 선배의 권유로 12월의 거리로 카메라를 들고 나갔다. 둘이서 여러 가지를 대상으로 사진을 찍었다. 경치, 물건, 뒷골목에서 발견한 고양이나 날아오르는 새, 사람과 삶 그리고 웃는 얼굴.

도쿄에 와서 다시 사진을 찍기 시작할 무렵에는 수십 장 가운데 한 장, 빛나는 것이 우연히 섞여 있는 정도였다.

그 우연을 필연으로 바꿔나갔다.

사쿠라이 선배처럼 당연해지려면 어림도 없지만 사진 찍는 일이 너무도 즐거웠다. 기록물로서의 사진이 아니라 창작물로서의 사진을 만들어나갔다.

"이제 공모전에 낼 사진을 찍어볼까?"

사진가에게는 휴일이 없다. 연말에는 연말의, 연초에는 연초의 업무가 있다. 그 일들이 다 마무리된 1월 중순 무렵, 공모전 마감까지 한 달 반 정도 남았을 때 사쿠라이 선배가 그렇게 말했다.

이제 나는 소파에서 잠을 자도 등이 아프지 않았다. 이곳에서의 생활에 완전히 익숙해졌다.

"찍고 싶은 건 정했나?"

"네, 샘을 찍으려고요('샘'은 일본어로 '이즈미泉'이다)."

"샘? 왜 그런 소재를? 밋밋하고 공간이 한정된 소재는 난이도가 훨씬 높아. 심사위원들 눈에 드는 게 전부는 아니지만, 상을 타고 싶다면 심사위원들에게 더 어필할 수 있는 대상을 찍어야지."

"그건……, 확실히 그렇네요. 하지만 무슨 일이 있어도 도전해보고 싶어요. 실은 그, 좋아하는 사람 이름이 이즈미거든요."

내가 수줍게 고백하자 언젠가처럼 사쿠라이 선배가 폭소를 터뜨렸다. 그렇다면 마음대로 해보라고, 조언은 아끼지 않겠다며 내 계획을 응원해주었다.

머릿속에서 찍고 싶은 사진의 이미지는 굳어졌다. 어떤 장소에서 찍을 것인지 촬영 장소도 물색을 마쳤다. 도쿄 도내에는 정원이 몇 군데 있는데 그 가운데서 샘이 솟아나는 곳을 찾았다. 무료 개방에, 촬영이 가능하다는 확인도 마쳤다.

차갑게 얼어붙은 샘.

그곳에 햇빛이 비쳐 얼음이 깨지는 순간을 사진에 담고 싶었다.

사쿠라이 선배에게 상의하자 최상은 아니지만 나쁘지는 않다고 찬성해주었다. 다만 촬영 환경이 상당히 까다로우니 단단히 각오해야 한다는 조언을 들었다.

얼음이 어는 조건은 0도 이하.

잠들기 전에 다음 날 아침 기온을 확인하는 생활이 시작되었다. 조건이 맞으면 하늘이 짙푸른 색으로 물드는 밤과 아침 사이에 일어나 혼자 사진을 촬영하러 갔다.

내쉬는 숨이 하얗게 부서지는 이른 아침의 도쿄는 아무도 없는 것처럼 고요했다.

마침내 샘에 얼음이 어는 광경을 목격했을 때는 정말이지 감동했다.

그 자리에서 추위를 견디며 기다리면 아침 햇살이 비친다. 얼음이 깨지는 순간을 포착하기 위해 나는 계속해서 파인더를 들여다보았다.

얼어 있는 샘은 표정이 풍부했다. 햇빛을 반사해 반짝반짝, 그리고 허무하게 빛났다.

나는 셔터를 누르는 손이 얼지 않도록 문지르면서 얼음이 깨질 때를 기다렸다.

드디어 그 순간이 찾아와 셔터를 눌렀다. 찰칵, 하고 샘에 작은 돌이 던져진 듯한 셔터음이 울렸다. 바로 사진을 확인했지만 한 번에 잘될 리가 없다.

근본적으로 구도가 좋지 않거나 빛의 방향이나 세기가 머릿속에 담긴 완성형의 수준에 이르지 못했다.

이미지를 다시 검토하고 또 다른 날을 골라 수없이 도전했다. 사쿠라이 선배에게도 보여줬지만 고개를 가로젓기만 할 뿐이었다. 1월은 이렇다 할 성과를 거두지 못한 채 지나갔다.

1월만이 아니다. 2월 첫 주와 둘째 주가 지나갔다. 공모 마감일이 착착 다가오자 나는 은근히 초조해지기 시작했다.

가미야 도루라는 이름을 알게 된 것은 그 무렵이었다.

히노 누나와는 가끔 메시지를 주고받았다. 누나는 특히 연말연시에 온 힘을 기울여 입시 공부를 한 모양이었다.

그리고 2월의 그날, 예정되어 있던 시험을 무사히 치렀다는 소식을 전해왔다. 메시지를 주고받다가 히노 누나가 와타야 선배의 이름을 꺼냈다.

— 그러고 보니 이즈미와도 관련이 있는 얘긴데.

누나에게는 대학을 휴학했다는 말은 하지 않았지만 와타야 선배에게 겨울에 연락이 왔었다는 말은 했다. 누나는 시험공부로 바쁠 텐데도 '다시 이야기했다니 잘됐네'라고 따뜻한 답장을 보내주었다.

그 이후로 히노 누나는 와타야 선배와 만나거나 전화통화를 하면 그 일을 간단하게 메시지로 내게 알려주었다.

그런데 이번에는 그런 종류의 내용이 아니었다.

— 시험이 끝날 때까지는 말하지 않고 있었는데…….

이제 끝났으니 나루세에게는 말해줄게. 고등학교 때 가미야 도루라는 아이가 있었어. 내 남자친구고 이즈미와도 친구가 되었지. 혹시 이즈미에게 들은 적 있어?

가미야 도루. 모르는 남자의 이름이 튀어나와 나는 조금 놀랐다.

— 아뇨. 처음 들어요. 누나한테 남자친구가 있었군요.

놀라서 물어보았다. 예전에 누나는 사귄 사람이 없었다고 말했다. 의외였기에 기억하고 있었지만 내 기억이 잘못되었을지도 모른다고 생각해 물어본 것이다.

바로 답장이 오지 않았다. 몇 초가 지나자 다시 누나에게 메시지가 왔다.

— 좀 복잡한 얘기라서, 전화로 해도 될까? 나루세는 이즈미랑도 나랑도 아는 사이고 기왕 얘기가 나왔으니 이 기회에 말해주는 게 좋을 것 같아.

의아하게 여기면서도 괜찮다고 답했더니 히노 누나가 보이스톡을 걸어왔다.

그리고 나는 누나의 조금 특이한 고등학교 시절 이야기를 들었다.

선행성 기억상실증이라는 기억장애를 겪었다는 것. 그 시기에 남자친구가 있었다는 것. 고등학교를 졸업한 직후에 그 연인이 죽고……, 그의 유언으로 와타야 선배가 히노 누나의 일기에서 연인에 관한 내용을 삭제했다는 것.

입시를 끝낸 지금, 히노 누나는 세상을 떠난 연인에 관한 기억을 떠올리려 하고 있다고 말했다. 사소한 거라도 좋으니 가미야 도루라는 사람을 알아내려 한다고.

나는 누나의 이야기를 가만히 들었다. 히노 누나가 힘든 과거를 겪었다는 데 놀랐지만, 그 이상으로 다른 사실에 충격을 받았다.

'다정한 사람이 왜 싫어요?'

'다정한 사람은 좋은 사람이잖아. 그런 사람은……, 일찍 죽으니까.'

예전에 와타야 선배와 주고받은 말의 의미가, 내 안에서 비로소 하나로 연결되었다.

'난……, 다정한 남자를 좋아하지 않아.'

그 사람이다. 가미야 도루. 와타야 선배가 잊지 못하는 사람은, 바로 그 사람이다.

와타야 선배가 좋아한 사람은 친구의 연인이고……, 이미 이 세상에 없다.

와타야 선배가 가미야 도루의 부탁으로 히노 누나의 삶에서 그의 존재를 지웠다는 얘기였다.

하지만 히노 누나는 잊었더라도 와타야 선배의 안에서 그의 존재는 사라질 리가 없다.

'잊을 수 없는 일이 있어서……. 하지만, 잊어야 한다는 건 아니까. 연애 놀이를 하면 그게 전부, 해결될지도 모른다고 생각했나 봐. 서로 깊이 들어가지 않고 표면적인, 그저 즐겁기만 한 연애를 하면.'

사실 와타야 선배는 그 일로 괴로워하고 있었다.

그런데 나는 아무것도 보지 못하고 있었다.

"저기……. 괜찮아, 나루세? 왜 그래?"

히노 누나가 전화기 저편에서 하는 말에 퍼뜩 정신이 들었다. 내가 알아차린 일을 이야기할까 생각했지만 기억 장애를 겪고 있던 히노 누나는 와타야 선배의 마음을 모를지도 모른다.

조심성 없이 내가 알려서는 안 된다.

"아니에요. 좀 놀라서. 얘기해줘서 고마워요."

"아니야, 실은 얘기할 수 있는 사람이 많지 않으니까. 들어준 것만으로도 좀 정리가 된 기분이야. 시간 뺏어서 미안해. 그리고 고마워."

그러고 나서 조금 더 이야기를 나누다 전화를 끊었다.

밤의 작업실에 나는 혼자 있었다. 창가로 다가가자 언젠가의 레스토랑에서처럼 창유리에 내 모습이 비쳤다.

가미야 도루. 와타야 선배가 좋아한 사람. 좋아했던 사람. 나와 이름이 같은……, 그 사람.

예전에 히노 누나와 패밀리 레스토랑에서 만나 이야기했던, 와타야 선배가 고등학생 때 좋아했을지도 모르는 사람의 특징을 떠올렸다.

다정하고 집안일 잘하고 가족을 소중히 여기고, 성실하고…….

분명 그건 가미야 도루를 말하고 있었다. 하위 버전에 지나지 않는 나는 그 가미야 도루에게 훨씬 못 미치겠지. 하지만 가미야 도루에게 지지 않는 게 내 안에도 있었다.

와타야 선배를 좋아하는 마음이라면 지지 않는다. 그것만큼은 제아무리 가미야 도루라도 지지 않는다. 지면 안 된다.

그때야 나는 어떤 사실을 깨달았다. 특별한 무언가. 사실은 그런 것, 필요 없을지도 모른다. 나는 단지 계기를 찾고 싶었던 것뿐이었다.

다시 한번 와타야 선배에게 고백하기 위해서…….

그런 생각을 하며 공모전에 출품할 사진을 만들어내려고 아침마다 정원으로 향했다. 2월의 이른 아침이라 해도 매일 온도가 영하로 내려가는 건 아니다. 사진을 찍을 수 있는 기회는 한정되어 있었다.

다행히도 그날은 얼음이 얼어 있었다. 눈도 없다. 한적한 정원의 공기가 아주 맑아서 내가 내쉰 숨결만이 하얗게 움직였다. 드디어 정원에 햇살이 비쳤다. 빛이 샘까지 뻗어갔다.

파인더 너머로 샘을 바라보고 있으려니 소중한 그 사람의 얼굴이 떠올랐다. 계속 기다리는 무언의 시간 속에서, 왜 그렇게 나는 와타야 선배가 좋은 걸까 하고 생각했다.

외모가 뛰어나서? 선배가 멋있어서?

어느 것도 결정적이지는 않았다. 외모가 뛰어난 사람이라면 선배 말고도 있다. 촬영 일로 만나 이야기를 나눈 사람 중에도 많았다. 하지만 나는 오로지 와타야 선배가 좋아서 어쩔 수가 없었다. 그 쓸쓸해 보이는 얼굴이…….

'나루세는 왜 사진을 찍지?'

'사진을 찍으면 모두 웃는 얼굴이 되니까요.'

카메라를 들고 있어서였을까. 과거가 속삭여 나도 모르게 눈을 크게 떴다.

나는 더없이 평범하게, 흐르듯이 살아왔다. 그런 내게도 소중히 여기고 싶은 게 있었다.

왜 잊고 있었을까. 초등학교 때는 소중하게 간직하고 있었는데. 소중히 여겼는데. 카메라와 함께 어딘가에 버려둔 것일까.

나는 사람들의 웃는 얼굴이 좋았다. 내가 카메라를 갖다 대고 사진을 찍으면 모두 웃는 얼굴이 되었다. 그래서 사진도 좋아하게 되었다.

나는 와타야 선배가 웃기를 바랐다.

선배를 마음으로부터 웃게 해주고 싶었다.

나는 선배의 괴로운 과거를 아무것도 모른다. 이런 나여도 아직 늦지 않은 걸까. 아직 닿을 수 있을까.

그 순간, 화면 안에서 움직임이 느껴졌다. 소리를 내며 얼음이 깨졌다.

내 소망을 담아 셔터를 눌렀다.

〈마지막 결빙〉

이 제목을 붙인 작품을 찍은 것은 그때였다.

제목은 사쿠라이 선배가 함께 생각해주었다. 야외에 있는 물이 어는 것을 결빙이라고 부른다.

보통 도쿄의 마지막 결빙은 3월 말이지만 작품 만들기에서 그런 건 중요하지 않다고 사쿠라이 선배가 가르쳐줬다.

"이건 다른 사람 그 누구의 것도 아닌 나루세의 사진이야. 사실과 상식에 얽매이지 말고 끝까지 스스로 만들어내면 돼."

나는 이 작품을 공모전에 내기로 했다. 휴학한 지 반년이 지나가고 있었다.

사진 찍는 일 하나에만 몰두해 그것을 생활의 중심에 두고 하루하루를 보냈다. 사쿠라이 선배가 보면 아직 멀었을지도 모르지만 비로소 스스로 만족하는 사진을 만들 수 있었다.

제목도 결정했고 나머지는 출품에 필요한 부분을 정리해 제출하기만 하면 된다.

본명 외에 투고명을 쓰는 항목도 있었으나 다른 이름을 사용하지는 않을 생각이었다. 소설 부문에 투고할 와타야 선배가 금방 알아볼 수 있도록 본명으로 투고하려 했다.

<마지막 결빙> 나루세 도루

하지만 어떤 생각이 뇌리를 스쳤다. 나 자신을 점검하듯이 그 생각에 빠졌다.

사진은 찍는 게 아니라 만들어내는 것이다.

나는 애초에 이 작품으로 무엇을 표현하고 싶었던 걸까. 무의식이기는 하지만 어쩌면 나는 이미 마음속에서 깨닫고 있었는지도 모른다.

와타야 선배를 마음으로부터 웃게 해주고 싶다고. 얼어붙은 표정을 없애주고 싶다고.

그 이야기의 막을 내리는 것은 내가 아닐지도 모른다.

그 순간 내 이름이 방해가 된다는 생각이 들었다. 내가 있으면 안 될 것 같았다. 과감히 이름을 바꿨다. 작가명을 포함해 이 작품은 이렇게 해야 하지 않을까.

<마지막 결빙> 가미야 도루

와타야 선배가 좋아한 사람, 가미야 도루.

그는 어떤 사람이었을까. 어떻게 웃는 사람이었을까.

내 선택은 잘못되었을지도 모른다. 하지만 죽은 사람을

266

모독할 의도도, 장난질로 선배를 혼란스럽게 할 생각도 없었다.

선배가 좋아한 사람에 대한 경의와 존경을 담아 이 작품의 마지막 연출로서, 나는 가미야 도루의 이름을 사용하기로 했다.

그렇게 나는 응모를 마쳤다.

이윽고 계절은 봄을 맞이했다. 봄은 사진가에게 매우 바쁜 계절이다.

사쿠라이 선배는 공모용 사진을 촬영하는 동안 어시스턴트 업무를 하지 않아도 된다고 말해주었다. 쉰 만큼 보답하기 위해 나는 어시스턴트 업무에 최선을 다했다.

그로부터 몇 개월 뒤, 수상 소식을 알리는 전화가 걸려왔을 때는 너무나 놀랐다.

작품의 의도를 상세히 묻더니 결과를 알려주었다. 가작이었다. 다섯 작품 가운데 하나로 뽑혔다고 했다.

전화를 끊은 나는 이제 내가 해온 이 일을 어떻게 매듭지어야 할지 머릿속이 혼란스러웠다.

목적은 달성했다. 지금까지의 세월은 헛되지 않았다. 다만…….

"여어, 어떻게 됐어?"

작업실로 돌아가자, 전화를 받고는 당황해하며 밖으로 나갔던 나를 지켜보고 있었는지 사쿠라이 선배가 웃으며 물었다. 그 웃음을 보자 왠지 눈물이 날 것만 같았다.

기뻐서, 그리고 미안해서…….

전력을 다했지만 나는 사쿠라이 선배의 기대를 저버리고 이번에도 가작에 그쳤다.

"가작……, 이래요."

그렇게 알리자 작업실이 조용해졌다. 아니, 원래 작업실은 조용했다. 그저 내 마음이 아주 고요해졌을 뿐이다. 사쿠라이 선배의 얼굴을 떳떳이 바라볼 수가 없었다.

잠시 후 사쿠라이 선배가 내게로 다가왔다.

실망시키고 말았다. 슬프게 하고 말았다.

어이없어하며 선배가 내 곁을 지나쳐 가고 다시는 나를 쳐다보지 않을 거라고 생각했다. 상냥하게 웃는 그의 얼굴을 다시 볼 수 없을 거라고.

"잘했어, 나루세."

그러나 사쿠라이 선배는 예상과 달리 이렇게 말했다. 칭찬을 해주고는 어깨를 두드렸다.

얼굴을 들자 선배가 웃고 있었다.

"하지만 저, 또 가작으로……."

"나루세. 너는 진심을 다해 찍었잖아? 24시간 사진만 생각하고 카메라를 만지고 눈이 아플 정도로 파인더를 들여다봤어. 너 자신을 잊을 정도로 열중해서 사진과 마주했어."

"24시간은……, 생각할 수 없어요. 잠을 잤으니까."

어이없는 내 대답에 사쿠라이 선배가 재밌다는 듯이 웃었다.

그래서 나도 슬며시 웃음이 났다.

"하지만 깨어 있는 시간은 거의 사진만 생각했어요."

"그랬구나. 그래서 사진은 어땠어? 재밌었나?"

"네, 무척이요."

그것만은 자신할 수 있다. 그의 눈을 바라보며 분명히 대답했다.

그러자 사쿠라이 선배가 웃음을 머금은 채 시선을 아래로 떨어뜨렸다. 수줍은 듯이 웃으며 말했다.

"나루세, 언젠가 네가 물었지. 왜 사진을 찍으세요? 하고."

"제가 중학교 1학년 때, 여름방학 전이었어요. 기억해요."

"나도 선명히 기억나. 그때 난 이렇게 대답했지. 사진이 나를 특별한 사람으로 만들어주기 때문이라고. 하지만 말이야, 의외로 난 네 대답도 마음에 들었어."

거기까지 말하고 사쿠라이 선배는 입가에 웃음을 떠올린 채 물었다.

"그래서 나루세, 너는 왜 사진을 찍지?"

내 대답은 정해져 있었다.

"그건······."

내가 옛날과 똑같이 대답하자 사쿠라이 선배는 더할 나위 없이 환하게 웃었다.

어린 시절 그의 표정이 고스란히 전해져 오는 따스한 웃음이었다.

시상식은 도쿄에서 8월 중순경에 개최된다고 출판사에서 정식으로 메일을 보내왔다. 사쿠라이 선배는 이제 그만해도 된다고 말했지만, 나는 복학을 준비하면서 시상식 전날까지 어시스턴트 일을 계속했다.

시상식이 끝나면 본가로 돌아갈 생각이었다. 직접 만나부모님에게 수상 사실을 보고하고 히노 누나에게도 연락하자. 쑥스러우니까 대학 친구나 선후배에게는 말하지 않을 생각이었다.

하지만 와타야 선배에게만큼은 달랐다.

사진과 상패를 들고 선배를 만나러 가자.

그리고 나의 마음을 다시 한번 털어놓고 부딪혀보자. 선배를 좋아한다고.

내 마음을 한 번 더 전하자.

시상식 날, 대학 입학식 때 입었던 양복을 꺼내 입은 나는 아파트 앞에서 사쿠라이 선배와 마주했다. 마지막으로 사쿠라이 선배가 "이거, 너한테 줄게"라고 말하며 1년 동안 내가 빌려 썼던 카메라를 목에 걸어주었다.

"나루세는 훌륭한 카메라꾼이야."

두 사람이 동시에 웃음을 터뜨렸다. 일을 해야 하는 사쿠라이 선배와는 그 자리에서 헤어지기로 했다.

"차이든 성공하든, 네가 좋아하는 상대랑 언젠가 나한테 와."

"차이면 어렵지 않을까요?"

"말이 많다."

사쿠라이 선배는 마지막까지 웃는 얼굴이었다. 자 그럼, 하고 선배는 손을 들어 보였다.

나는 고개를 숙이고 가만히 등을 돌렸다.

"프로가 아니어도 괜찮으니까."

사쿠라이 선배가 내게 말했다. 무심코 뒤돌아보았다.

"사진 계속해!"

무언가의 시작은 무언가의 끝이기도 했다. 지난 1년을 되돌아보면 눈물이 맺힐 것 같았다. 하지만 선배의 말에 고개를 끄덕였다.

"신세 많았어요. 또 언젠가."

그 말을 남기고 지하철역으로 향했다. 눈물이 쏟아지지 않도록 위를 보고 걸었다.

막상 시상식에서는 예상외로 평온하게 있을 수 있었다. 늘 사진을 찍는 쪽이었던 내가 그날은 사진에 찍히면서 활짝 웃어보라는 주의를 들었다. 모두가 웃었다.

연회장에서는 여기저기서 말을 걸어와 내가 찍은 사진을 많은 사람이 봤다는 걸 실감하고 놀랐다. 하지만 그보다도 훨씬 놀랄 일이 있었다.

담소를 나누던 중에 시선이 느껴져 그쪽으로 휙 얼굴을 돌렸다. 차분한 색상의 원피스를 입은 아름다운 사람이 서 있었다.

알고 있는 사람과 무척 닮아서 가만히 바라보았다.

아니, 닮은 게 아니라 그 사람이었다. 선배다. 와타야 선배가 그곳에 있었다.

가미야 도루가 나라는 걸 알았는지, 선배는 몹시 놀란 표정이었다.

2

"와타야! 이 1학년생, 내 고등학교 후밴데. 널 좋아한대."

거절하지 못하고 참석한 술자리에서 동급생에게 그런 말을 들은 건 1년도 더 전의 일이었다.

시선을 돌려 바라보니 그곳에 당황해서 어쩔 줄 모르는 남자애가 있었다.

이제 막 대학생이 된, 새내기 느낌이 물씬 나는 순수해 보이는 남자애였다. 어디선가 본 적이 있는 것 같았지만 확실히 기억나진 않았다.

"응? 정말이야?"

"아, 아니, 그게요."

나는 대학교 2학년이 되어서도 도루를 잊지 못하고 있었다. 그런 나 같은 사람 말고, 좋아할 거라면 다른 누군가를 고르는 게 낫다. 그를 위해서 그게 좋다.

"음, 하지만……, 나 좋아하지 마. 감당하기 꽤 힘들 테니까."

그렇게 생각하고 일부러 그 애가 대답하기 곤란한 말을 던졌다.

그런데도 그는 거침이 없었다. 기죽지 않고 말했다.

"그, 그렇지 않습니다! 선배는 정말로 멋지십니다."

그의 말에 놀라자 "아니, 너 아직 아무것도 모르는구나"라며 내 동급생이 놀렸다. 그 말에 주위에 있던 모두가 웃었다.

"뭐라고 하면 좋을까, 그래도 분위기로 아는데요……."

꽤 특이한 아이라고 생각했다. 아주 약간 관심이 생겼다.

얼마 후 선배들에게 떠밀려 옆자리로 온 그 아이를 뭐라고 불러야 할지 몰라서 이름을 물었다.

"이름이 뭐야?"

"아, 나루세입니다. 나루세 도루."

술자리 장소는 대학 근처에 있는 이자카야였다. 가까운 좌석에서 다른 무리의 대학생들이 시끄럽게 떠들고 있었다. 하지만 그 순간, 모든 소리가 내게서 멀어져 갔다.

주변의 소음이 내 귀에 되돌아왔을 때 나는 또 질문했다.

"……도루? 어떤 한자를 쓰는데?"

"투명하다 할 때의 투透 자요. 이름처럼 별로 개성은 없을지 모르지만요."

그 나루세 도루에게 고백을 받은 것은, 그로부터 두 달도 지나지 않아서였다.

나는 도루를 잊으려고 그와 사귀기로 했다.

나루세와 사귀는 동안 나는 그에 관해 여러 가지 사실을 알게 되었다.

얼굴 생김새는 총명해 보였지만 약간 듬직하지 못한 구석이 있던 그. 소심한 듯한 그. 스스로 무언가에 도전해 이루어내는 모습을 상상할 수 없는 그.

그런 그가 지금, 가미야 도루라는 이름으로 상을 받았다. 겸허한 태도로, 그래도 등을 꼿꼿이 펴고 축하회장에 서 있다.

나루세가 내게로 다가왔다.

"오랜만이에요, 선배. 만나서 기뻐요. 만날지도 모른다는 생각을 할 여유가 전혀 없었어서 너무 놀랐어요."

그는 말 그대로 놀란 모습이었다. 그건 나도 마찬가지였다.

알 수 없는 일투성이였기 때문이다. 왜 그가 여기에 있는 걸까. 사진은 찍는 것도 찍히는 것도 별로 안 좋아한다고 했는데, 왜 사진 공모전에 응모한 걸까.

가미야 도루라는 이름을 사용한 것도…….

그런 그가, 1년 전에 비해 의젓해 보이는 그가 머뭇거리며 물었다.

"행사가 끝나고 나서 이야기 좀 할 수 있어요? 원래는 본가로 돌아가면 만나러 가려고 했지만……. 괜찮으면 오늘 애기하고 싶어서."

"알았어. 나도 물어보고 싶은 게 있으니까……. 기다릴게."

행사가 끝난 뒤 만날 장소를 바로 정했다.

하고 싶은 말이 산처럼 쌓여 있었지만 주최 측 관계자로 보이는 사람이 그에게 말을 걸자 "그러면, 이따 봬요" 하고 그 사람과 함께 자리를 떠났다.

나는 그의 뒷모습을 아무 말 없이 지켜보았다. 짧은 기간이지만 지금까지 몇 번이나 봐온 뒷모습이다. 역시 1년 전과 어딘가 달랐다. 내가 알고 있는 다정하기만 한 그가 아니었다.

"이즈미!"

나루세의 뒷모습을 보고 있는데 귀에 익은 목소리가 들렸다. 고개를 돌리니 도루의 누나가 서 있었다. 누나는 그를 알고 있었는지, 내가 누굴 보는지 알아차리고 웃음을 띠었다.

"그 애하고는……, 애기했어?"

"아, 네. 조금요……. 저, 그, 대학 후배예요."

"그런가 보더라. 나도 놀랐어. 사진 부문의 수상자 후보에 남동생 이름이 있어서."

그야 놀랄 수밖에. 특히 누나는 도루가 사진에 관심을 가졌었다는 사실을 알고 있다.

"하지만 출신 대학과 나이를 보고 이즈미의 후배라는 걸 알았지. 본명도 다르고 말이야. 그래서 수상이 결정된 뒤에 담당자에게 부탁해서 작품의 의도를 물어봐달라고 했어. 그 얘기를 듣고서…… 왜 가미야 도루의 이름을 사용했는지도 알았어."

거기까지 설명한 누나는 "너무 뭐라고 하지 마"라고 말했다.

누나가 한 말의 의미를 생각하며 당황하고 있는데 누군가 누나를 부르더니 데리고 갔다. 누나와는 내일 만나기로 약속했다. 그녀의 가녀린 등을 바라보았다.

과거에서부터 현재까지 내가 모르는 사이에 여러 가지 일이 일어났다.

한 시간도 지나지 않아 행사가 끝났다. 나는 호텔 라운지로 갔다. 잠시 후 나루세에게 연락이 왔고 곧이어 낯선 양복 차림을 한 그가 나타났다.

자리에 앉아 우리는 오랜만에 마주 보았다.

"놀랐어. 여러 가지로."

해야 할 말도, 물어보고 싶은 말도 많았지만 내 입에서 가장 먼저 나온 말은 이것이었다.

"저야말로 놀랐어요. 이렇게 만나다니."

둘 다 수상자로 만났다면 더 좋았을지도 모른다. 하지만 나는 그 자리에 이르지 못했다. 반대로 그는 상을 받을 정도로 노력을 거듭했다는 뜻이기도 했다.

"사진을 했었구나. 언제부터?"

"엄밀히 말하면 초등학교 때부터예요. 하지만 당시에는 그저 찰칵찰칵 찍기만 했을 뿐이고……. 의식해서 찍을 수 있게 된 건 중학교 여름부터고요. 어떤 선배를 만나서."

그리고 나는 그에게 중학교 때 했다는 사진에 관한 이야기를 들었다. 어떤 선배와의 만남과 헤어짐. 1년 전에 그 선배를 찾아가 사진을 다시 배우기 시작했다는 것도.

"하지만 왜 갑자기 공모전에 응모하려고 한 거야? 계속 안 하고 있었잖아?"

경위를 듣고도 의문이 남았다. 물어보자 나루세가 나를 똑바로 바라봤다.

그는 드디어 말했다. 조금도 긴장하지 않고. 진지한 눈빛으로.

"선배를 좋아하기 때문이에요."

예전에도 그에게 고백을 받았지만 이번에는 응축된 울림이 달랐다.

너무나도 차분했고 맑기까지 했다.

"그렇다고……, 일부러 휴학까지 하고."

"여기서 달라지지 않으면 영영 달라지지 못할 것 같았거든요. 전력으로 뭔가를 하지 않는 모습으로는 당연히 와타야 선배가 돌아봐주지 않을 거라고 생각했어요. 그래서 노력해보고 싶었어요. 그렇게……, 스스로 자랑스러운 모습이 되면 이 상을 계기로 다시 선배를 만나고 싶었어요. 선배에게 다시 한번 제 마음을 전하고 싶었어요."

나도 모르게 마음이 움직이려 한다. 그의 하루하루와 노력이 나를 향해 있었기 때문이다.

내가 좋다고. 내게 돌아봐달라고.

그런 이유로 휴학을 하고 도쿄 거리에서 사진을 찍고 있었다니…….

"너무 무리했네."

눈썹을 찌푸리며 중얼거리자 나루세가 부끄러운 듯 웃음을 보였다.

"지금 생각해보면 저는 무리하고 싶었던 거예요. 무리해서라도 돌아봐주길 바라는 사람이 있으니까요. 그렇게 기쁜 일은 인생에 별로 없으니까."

그의 말이 언젠가 도루가 한 말과 겹쳐졌다. 그 말을 실마리로, 잊어야만 하는 도루의 말이 내 안에서 떠올랐다.

'약간 무리해서라도 할 수 있는 일이 있다면, 약간 무리해서라도 하고 싶은 일이 있다면, 그건 행복한 일이라고 생각해.'

언제나 사랑은 내가 알지 못하는 곳에서 무언가를 바꿔 갔다. 도루도 그랬다. 차가운 사람이었는데 그렇게나 따뜻한 사람이 되었다.

내 앞에 있는 나루세도 마찬가지다.

눈에 띄지 않는 평범한 후배였는데 지금은 이렇게 달라졌다.

나는 사랑에서 멀리 떨어져 있으면서도 사랑으로 달라져 가는 사람을 누구보다 가까이에서 느꼈다. 나 혼자만 아무것도 바뀌지 않고 모르는 채로……

"선배는……, 가미야 도루라는 사람을 좋아한 거죠?"

고개를 떨구고 있던 나는 그 말에 얼굴을 들었다.

어떻게 도루를 알고 있는지 물었더니 그 이유를 들려주었다. 도루의 이름으로 투고한 경위도 들을 수 있었다.

놀랄 얘기가 많았지만 그를 나무랄 생각은 없었다. 도

루가 사진에 관심이 있었다는 사실을 아는 사람은 나와 누나뿐이고, 다른 사람에게는 우연으로 비칠 것이다.

"가미야가 살아 있을 때…… 언젠가 사진을 찍어보고 싶다고 했기 때문에 무척 놀랐던 거야."

"가미야 씨가요?"

"응. 있을 수 없는 얘기지만, 가미야가 살아 있는 게 아닐까 했어. ……고등학생일 때 한 번 나를 찍어준 적이 있었거든. 게다가 아주 솜씨가 좋았으니까."

감상에 젖어 든 것일까, 누구에게도 말한 적 없는 이야기를 하고 말았다. 무심코 스마트폰을 바라보았다.

"그건 어떤 사진이었어요?"

"스마트폰으로 찍은 건데 별건 아냐."

"봐도 돼요?"

"미안."

누군가에게 보여줄 만한 사진이 아니었다. 게다가 사진을 전문으로 하는 사람이 보면 내 말처럼 좋은 솜씨가 아닐지도 모른다.

"꼭 보고 싶어요. 가미야 도루 씨가 찍은 선배 사진을……. 저는."

하지만 나루세의 열의에 지고 말았다. 부끄러움은 접어

두고, 도루가 남긴 사진을 누군가에게 보여주고 싶다는 바람이 있었는지도 모른다.

사진을 열어 스마트폰을 나루세에게 건넸다. 나루세는 그 사진을 아무 말 없이 바라보았다. 조금도 움직이지 않았다.

"고마워요."

그렇게 말하고 스마트폰을 돌려줄 때 나는 어떤 사실을 알아차렸다.

왠지 나루세의 눈이 젖어 있었다.

"왜 그런 표정이야?"

물어보자 나루세가 당황해서 눈가를 닦았다. 이윽고 단어를 고르듯이 대답했다.

"그……, 선배가 얼마나 가미야 씨를 좋아했는지 알았기 때문이에요. 게다가 제가 원하던 것이 거기에 있어서."

"원하던 것?"

"저는 선배를 웃게 해주고 싶었어요. 선배는 학교에서 밝게 행동했지만 사실은 마음에서 우러나 환하게 웃은 적이 없으니까."

"그건……."

"그런 선배를 웃는 얼굴로 만들어주고 싶었어요. 그게

선배를 좋아하게 된 이유예요. 이 사진처럼 나는……, 선배를 진심으로 웃게 해주고 싶었어요."

나를 웃는 얼굴로.

손에 든 사진을 찍은 날의 감정과 사고가 다시금 떠올랐다.

학교 문화 축제 때 둘이 돌아다니던 일이며 뺨이 아프도록 웃었던 일. 어깨가 닿을 정도로 가까이에 있던 가미야 도루라는, 너무나 사랑했던 사람의 모습이.

나는 그 애 앞에서 저절로 웃는 얼굴이 되었다. 어떤 걱정과 고민도 잊고 그저 안심하고 웃을 수 있었다. 그 애가 말할 수 없이 좋았다.

"선배는 언제부터 가미야 씨를 좋아했어요?"

"……모르겠어. 나도 모르는 사이에 좋아졌고, 모르는 사이에 단념했어. 고등학교 3학년이 됐을 때는 이미……."

다시 고개를 숙이자 스마트폰이 시야에 들어왔다. 활짝 웃고 있는 내가 보였다. 잊고 있었던 것 같은 그리운 표정이었다.

"가미야 씨의 어디가 좋았어요?"

그때 나루세의 물음에 무심코 입을 열었다.

"짜증 나게 하는 거."

내 대답에 놀라면서도 나루세는 소중한 것을 바라보듯 입가에 웃음을 머금었다.

추억은 멈추지 않고 계속 떠올랐다.

"나와 마찬가지로 냉담한 사람이라고 생각했는데……, 마오리에게 점점 따뜻해져 갔어. 매일매일의 마오리를 웃게 해주고 싶다고, 부끄러워하지도 않고 그렇게 말하고 말이지……. 다정해서, 다정해서, 짜증 날 정도로 다정해서. 집안일도 잘하고. 나보다 홍차를 더 잘 끓이고. 자신에게 이로운지 손해인지도 생각하지 않고. 그래서, 그래서……."

깨닫고 보니 내 시야가 눈물로 흐려지고 있었다. 나는 이렇게도 도루를 좋아했다.

눈을 감자 그 애의 웃는 얼굴만 떠올랐다.

하지만 그것은 옆얼굴이었다. 도루의 웃는 얼굴은 내게 향해 있지 않았다.

그래도 좋았다. 도루와 마오리, 두 사람의 행복이 나의 행복이었으니까.

언제까지나 두 사람이 행복하길 바랐다. 마주 웃기를 바랐다.

그런데……. 그 애는 홀연히 사라졌다. 너무 다정해서 하늘에 빼앗겼다.

하늘은 나같이 형편없는 인간을 두고, 그렇게도 다정한 도루를 데려갔다.

그 애가 살아 있었다면 많은 사람을 웃게 해주었을 텐데. 마오리를 웃게 해줬을 텐데.

마오리의 장애도 말끔히 나았다. 두 사람은 평범한 연인이 될 수 있었는데. 웃고 또 웃으며, 언젠가 결혼해서 아이도 낳고 평범한 가정을 꾸리면서……

옛날 일도 웃으며 이야기할 수 있게 되고. 아이는 두 사람 사이에 있었던 가슴 아린 과거도 모르면서, 그 이야기를 들려줘도 믿지 않으려 한다. 하지만 나는 절친으로서 두 사람의 아이에게 진실을 이야기해준다. 때때로 가슴이 죄어올 때가 있을지도 모르지.

그래도 두 사람의 행복을 진심으로 축복할 수 있다. 마음속 깊은 곳에서 우러나와 '축하해'라고 말할 수 있다.

그런 인생을 보낼 수 있었는데……

토막토막 거기까지 추억을 털어놓은 나는 손으로 얼굴을 가리고 말았다.

울어도 소용없다는 건 알고 있다. 세상은 언제나 제멋대로 주고 제멋대로 빼앗아 간다.

사이좋았던 부모님도, 첫사랑도, 사람의 목숨마저도.

운다고 되돌아오지 않는다. 의미가 없다. 하지만 어쩔 수 없기에 그저 우는 거다.

고개를 숙인 내가 조용히 울고 있자, 그가 슬쩍 무언가를 내밀었다.

떨리는 손을 얼굴에서 떼었다. 나는 놀라고 말았다.

언젠가 본 적이 있는 듯한……, 눈부신 무언가가 있었다. 깔끔하게 다림질된 손수건. 위생감을 중요하게 여기던 도루가 갖고 있던 것과 똑같은…….

"나는, 가미야 도루 씨 대신이 될 수 없어요?"

손수건을 받아 든 내게 눈썹을 축 내려뜨린 나루세가 미소를 보내고 있다.

그는 언제나 다정했다. 나는 그런 그와 사귀었다. 도루를 잊으려고.

하지만 결코 나루세를 도루라고 부르지 않았다. 내 안의 도루는 가미야 도루 단 한 사람이다. 그 외에는 불러서도 안 된다고 생각했다.

"나는, 난…….."

"당장은 어려울지도 몰라요. 그래도 저는 선배가 좋아했던 가미야 씨를 대신하고 싶어요. 나는 아무것도 갖고 있지 않다고 생각했지만, 이제는 자신감을 가지고 이것이

나라고 말할 수 있는 걸 갖게 되었으니까."

　상이라는 영광을 손에 넣었기 때문일까. 그의 눈은 자신감으로 넘쳤다. 자신을 의심하지 않았다. 그런 나루세가 말을 이어갔다.

　"선배를 좋아하는 마음은 누구에게도 지지 않아요. 가미야 씨에게도 지지 않을 거고요. 공모전에 도전하면서 깨달았어요. 그것이야말로 내가 정말로 손에 넣고 싶어 했던 나만의 것이라는 걸."

　가슴 깊은 곳에서 애절함이 복받쳐 올랐다. 누군가에게 이렇게나 사랑받은 적이, 없었다.

　아무리 내가 좋아해도 도루는 마오리를 좋아했고 내 사랑은 이루어지지 않았으니까.

　"하지만 나는 가미야를……. 도루를, 지금도 여전히 좋아해……. 도루가 없다는 걸 알아. 잊어야만 한다는 것도 잘 알고. 하지만 괴로워서, 그렇게 되질 않아서."

　"왜 잊어야 하는 거죠?"

　"응?"

　"선배는 가미야 씨를, 잊고 싶지 않은 거잖아요?"

　"무슨, 그렇지 않아. 나는, 나는……. 잊어야만 하니까."

　"그럴 필요 없어요. 잊을 수 없는 걸 억지로 잊을 필요가 있을까요? 아니, 잊지 않아도 좋아요. 왜냐하면……."

잊을 수 없는 것은 억지로 잊을 필요 없다.

이 말이 가슴을 찌르는 동안에도 나루세가 다정하게 웃음을 더해간다.

"왜냐하면 선배는……, 가미야 씨를 사랑했으니까."

사고가 끊기고 내 안에 공백이 생겼다.

너무나도 하얗고, 어쩌면 투명해서, 그 공백 안에 도루의 웃는 얼굴이 떠올랐다.

지금 나루세가 뭐라고 했나. 내가 도루를, 사랑했다고?

"선배는 가미야 씨를 사랑한 거잖아요. 자신 이상으로 가미야 씨를 소중히 여겼어요. 그런 사람이 없어져서 지금도 괴로워하고 있는 거고요. 하지만 사실 괴로워할 필요 없다고 생각해요. 잘 아는 것처럼 말해서 미안해요. 가미야 씨는 분명 이 세상에 없지만, 지금도 또렷이 선배 안에 있으니까."

사랑이라는 말의 의미를……, 나는 알 수 없었다.

느낀 적이 없는 것은 믿을 수 없다. 느낀 적이 없는 것은 존재하지 않는다.

단지 표현상의 언어다. 지금까지 그렇게 믿고 있었다. 그도 그럴 것이 내 인생에서 그 말과 관계를 맺을 일은 없을 거라고 생각했으니까.

하지만 내가 잘못 생각한 걸까. 나는 그것에 접해본 적이 있었을까.

고등학생이던 어느 날, 내가 발견한 것이 떠올랐다.

나는 마오리가 좋았다. 도루가 좋았다. 함께 있는 두 사람이 너무 좋아서 나 자신 이상으로 두 사람을 소중히 하고 싶었다. 그것이 내 안에 있는, 단 하나의 순수하고 아름다운 것이었다.

지금 그것에 이름이 있다는 사실을 알았다. 나루세가 가르쳐주었다.

언어가 가슴에 저절로 스며들고 그것에 손가락을 대면 온기가 퍼져나간다.

도루의 모습이 소리도 없이 떠올랐다.

나는 웃었다. 울면서 웃었다. 어떤 사실을 수긍하면서 겨우 이해했다. 나는 도루를 사랑하고 있었다.

그런 거였구나. 전부 단순한 것이었다. 왜 나는 그런 간단한 사실을 깨닫지 못했던 것일까.

이렇게 흔한 말이었는데.

나는 실연에 괴로워하고 있는 거라고 생각했다. 실연이라면 잊어야 한다. 언제까지나 갇혀 있어선 안 된다.

하지만 그렇지 않았다. 사랑하는 사람을 잃었기에 괴로웠던 것이다.

괴로운 게 당연하다. 온 마음을 쏟아 그 사람을 좋아했으니까. 나 자신 이상으로 소중한 존재였으니까.

눈물이 멈추지 않았다. 도루가 더없이 소중하게 느껴졌다. 나는 도루를 사랑했다. 누구보다도 깊이 사랑했다.

이 세상에 없다고 해서, 그 마음과 그 사람까지 잊을 필요는 없었던 거다.

"나는 도루를……, 잊지 않아도 되는 거구나."

눈에서 흘러넘치는 것을 닦지도 않고 내가 중얼거리자 나루세가 미소를 지었다.

"그럼요."

"거짓말 아니지?"

"거짓말 아니에요."

"나, 언제나 정말로 갖고 싶은 걸 손에 넣지 못했어. 손에 넣어도 늘 잃어버렸지. 사이좋은 부모님도, 첫사랑도, 좋아하는 사람들의 행복도……. 하지만 괜찮은 거지? 도루를 사랑한다고, 이 감정은 손에 넣은 채로, 괜찮은 거지?"

"그럼요. 당연하잖아요."

그 말에 나는 아이처럼 안심했다.

안심 또한, 내가 잃어버렸다고 생각하던 감정이었다. 어렸을 때 잃어버리고, 도루의 죽음으로 손에서 빠져나가 두 번 다시 손에 넣을 수 없다고 생각했다.

하지만, 그렇지 않았다. 세상은 빼앗아 가기만 하는 게 아니라 주기도 한다.

만남도, 좋아하는 마음도, 소중한 사람도. 전부 빼앗기만 하는 게 아니라 주기도 한다.

뒤집어보면 빛나듯이 아름다운 것이 사실은 몇 개나 있다. 그 사실을 깨달은 나는, 그의 앞에서 어린아이처럼 눈물범벅이 된 얼굴을 그대로 내보였다.

떠나버린 아버지에게도 사랑하던 도루에게도 보일 수 없었던, 나약한 나 그대로의 얼굴이었다.

5
장

너
에
게

시간은 사람을 애매하게 만든다. 잊지 않겠다고 맹세한 일도, 시간과 함께 옅어져 간다.

　반대로 잊을 수 없다고 느꼈던 아픔이나 슬픔을 시간이 옅게 만들기도 한다.

　그런 가운데 각인된 듯이 애매해지지 않는 게 있었다. 그것은…….

　여름방학이 끝난 그날, 나는 더위와 햇볕에서 벗어나려고 도서관 뒤쪽 벤치에 앉아 있었다.

　그늘로 가려져 눈에 띄지 않는 캠퍼스의 한구석도 아침이면 오가는 사람들로 소란스럽다. 여름방학이 끝나 다시 만난 사람들이 들뜬 목소리로 떠들며 눈앞의 길을 걸어갔다.

그런 광경을 바라보고 있는데 내 쪽을 향해 달려오는 발소리가 들려왔다.

익숙한 그 소리가 가까이서 멈췄다.

"좋은 아침이에요, 와타야 선배."

최근 1년 동안 학교 캠퍼스에서 만나지 못했던 웃음 가득한 얼굴이었다. 나루세가 미소를 띠며 인사를 건넸다.

"안녕 나루세. 오늘도 덥네."

"그러네요. 너무 더워서 오늘은 편의점에서 아이스크림을 사려고요."

"그거 좋다. 어떤 아이스크림 좋아해?"

"저는 대체로 소프트크림 쪽이요."

마치 어제도 만났던 사람들처럼 대화를 나누고 있는데 다시 또 몇 명인가가 앞쪽 길을 지나갔다.

"어라? 나루세잖아? 오랜만이야."

나루세의 동급생들인 모양이다. 그 말을 들은 나루세가 시선을 돌려 마주 인사했다. 동급생들이 나루세에게로 다가왔다.

"근데 나루세, 뭔가 좀 달라진 거 아냐?"

"응? 아, 글쎄. 육체노동을 꽤 많이 해서 근육이 붙었을지도."

"육체노동……. 그 사정이란 건 이제 괜찮은 거야?"

"응. 그건 덕분에. 수속도 다 마치고 오늘 복학했어."

그들은 나루세를 걱정하며 친근하게 물었고 나루세도 환하게 웃으며 답했다.

최근 1년 동안 있었던 일을 나루세는 대학 친구들에게는 말하지 않고 있다. 공모전에도 가미야 도루라는 이름으로 응모했으니 남들은 알 수 없고 아마 상상도 하지 못하겠지.

하지만 나만은 알고 있었다. 1년간 그가 한 일을. 그가 성취한 것을.

"고백에 대한 대답 지금 당장 안 해도 괜찮을까?"

시상식이 열렸던 그날, 라운지에서 이야기를 나눈 뒤에 나는 나루세에게 물었다. 부끄럽게도 눈물을 흘렸고, 생각도 완전히 정리되지 않아서였다.

그래도 반드시 대답은 하겠다고 약속했다.

"괜찮아요. 언제까지라도 기다릴 테니까."

다음 날에는 도루의 누나와 시내 찻집에서 만났다.

축하 행사가 끝난 뒤 나루세와 나눈 이야기며 그와 있었던 모든 일을 숨김없이 털어놓았다.

"설마 여동생이 연애 자랑을 늘어놓는 날이 올 줄은 몰랐네."

누나는 홍차를 마시던 손을 멈추고 그렇게 말하더니 웃는 얼굴로 나를 보았다.

"네? 아, 아니요. 그런 얘기가 아니고요."

"농담."

"……아, 뭐예요?"

편안한 분위기 속에서 우리는 마주 웃었다. 도루를 막 떠나보냈을 때는 상상도 할 수 없는 일이었다. 당시의 내가 지금의 광경을 본다면 분명 놀라겠지.

"저, 그래서 말인데요. ……저, 도루를 억지로 잊지 않으려고 해요."

그러고 나서 나는 내 마음의 움직임을 포함해, 도루에 대한 감정의 변화를 이야기했다.

쑥스럽기는 했지만 누나에게라면 뭐든지 말할 수 있었다. 이야기하고 싶었다.

"이즈미는 소중한 걸 발견한 거야."

이야기를 다 들은 누나가 상냥한 표정으로 말해주었다. 살짝 웃으며 그녀는 말을 계속했다.

"나에게 슬픔은 잊는 거였어. 아니, 잊는 것밖에 달리 방법이 없었지. 하지만 이즈미는 슬픔 속에서 새로운 무언가를 깨달은 거야."

"그 정도로 대단한 거 아니에요. 다만……, 도루가 너무 소중해서, 그 소중함을 깨달았다고 해야 하나. 도루가 세상에 없어도 도루를 소중하게 여기는 마음은 손상되지도, 변하지도 않는다는 사실을 깨달았어요."

사랑하는 사람이 죽었을 때, 그 사람을 향한 마음과 감정은 어때야 하는 걸까.

나는 그 물음에 당황했는지도 모른다.

하지만 그 마음도 감정도 잃을 필요가 없다면 잃었다고 비통해할 필요도 없었던 것이다.

그건 분명히 있으니까.

있는 것은 없어지지 않는다. 그저 인정하면 된다. 그대로 소중히 여기면 된다.

내 이야기가 누나에게는 어린애같이 들리겠지. 그런데도 누나는 진지하게 귀를 기울여주었다.

"지금 소설을 쓴다면 다른 작품을 만들어낼지도 모르겠는걸."

"다른 작품을, 말인가요?"

"응. 소설이란 건 어떤 면에서는, 그 사람이 세계를 바라보는 시점을 그린 거니까. 이야기 종류에 한계가 있기는 하지만 사람이 바라보는 시점은 끝이 없어. 나는 그것을 문체라고 부르는데 문체가 있는 한, 나와 이즈미가 좋아하는 소설이 중단되는 일은 없을 거야."

그 이야기를 듣고 어리둥절해 있자 누나가 아름답게, 너무도 상냥하게 미소를 지었다.

"그런 세계에서 이즈미는 어떤 소설을 쓰겠어?"

누나와 이야기를 마치고 나는 그날 늦은 오후 집으로 돌아왔다.

여러 가지 일을 생각하면서 남은 여름방학을 조용히 지냈다.

새 학기가 되자 나루세가 학교로 돌아왔다. 아무렇지도 않은 얼굴로 내게 인사를 건넸다. 그래서 나도 자연스럽게 대했다.

나루세는 사람들에게 사랑받고 있었다. 그의 복학을 많은 사람이 기뻐했다.

내 일상에도 나루세가 돌아왔다. 복학 축하 파티라며 그와 같은 고등학교 출신인 내 동급생이 자리를 마련했고, 이자카야에서 나루세를 포함한 몇 명과 술도 마셨다.

나를 앞에 두고도 나루세는 이제 당황하지 않았다. 온

화하고 조용하게 웃었다.

나루세는 때때로 애용품인 듯한 카메라를 목에 걸고 있었다. 학교 내에서 그가 사진을 찍고 있으면 지인으로 보이는 학생들이 가까이 다가갔다.

대화를 나누고 나루세가 그 사람들을 향해 카메라를 들어 올렸다.

나루세 앞에서는 모두가 웃었다.

"앗, 와타야 선배!"

그런 광경을 바라보고 있는데 그가 나를 발견했다. 사진을 찍고 있던 상대에게 인사하고는 내게로 달려왔다.

"뛰지 않아도 돼."

"선배를 보니 반가워서요."

"못 말려 정말."

그렇게 나루세와 이야기하면서 나는 어떤 사실을 깨닫는다. 뺨에 손을 갖다 댔다.

"왜 그래요, 선배? 뭔가 즐거운 일이라도 있었어요?"

나는 고개를 가로저으며 아무것도 아니라고 웃는 얼굴로 대답했다.

도쿄에서 도루의 누나와 차를 마시던 날, 마지막에 누나가 알려준 것이 있었다.

살아 있을 때의 도루 이야기였다.

"그러고 보니 옛날에 말이야."

아쿠타가와상을 수상하기 전, 사인회를 하러 갔던 서점에서 도루와 누나가 우연히 재회한 적이 있었다. 도루는 우리와 수족관에 갈 예정이었지만 마오리를 내게 부탁하고 누나를 만나 이야기를 나눴다.

그때 도루는 누나에게 좋아하는 아이가 생겼다고 말했다고 한다.

그리고 누나가 그 애에게 잘해주라고 말하자 이렇게 대답했다.

"응, 그럴게. 그 애한테 잘해주는 것 말고도 그런 식으로 살 수 있도록 노력할게. 열심히 해볼게."

그런 식으로 살 수 있도록…….

나도 모르게 그 이야기를 꼭꼭 곱씹었다. 도루는 그 말대로 살았기 때문이다. 일시적으로 잘해주는 거라면 누구나 할 수 있다.

하지만 인생은 계속된다. 소중히 대하겠다 마음먹은 그 무언가를 소중히 여기지 못하는 일쯤이야 얼마든지 일어날 수 있다. 슬플 정도로 가차 없이 모든 것은 움직이기 때문이다.

그런 가운데서도 도루는 일시적이지 않았다.

그의 일생 동안 마오리를 소중히 대했다. 그런 식으로 살았다. 그렇기에 혹시 자신에게 무슨 일이 생기면 마오리의 인생에서 자신을 지워달라고 부탁했던 거겠지.

지금 나는 그때 일을 떠올리며 나도 그렇게 살아가고 싶다는 생각을 한다.

가능할까, 내게. 그렇게 상대를 소중히 여기는 삶이.

그런 상대를, 도루 외에 찾아낼 수 있을까.

……어쩌면 나는 이미, 그 상대를 찾아낸 건지도 모른다.

나루세의 고백에 대한 대답을 보류한 채, 어느덧 계절은 가을로 바뀌어갔다. 취업 활동을 하다가 시간이 나, 학교 안의 벤치에 앉아 있는데 누군가 말을 걸었다.

"와타야 선배. 안녕하세요."

나루세였다. 인적이 없는 곳에 있던 나를 그가 여느 때처럼 발견하고는 반가워했다. 옆에 앉아도 되냐고 묻기에 고개를 끄덕였다.

별것 아닌 세상 이야기를 주고받은 다음 함께 하늘을 보았다.

"선배들은 벌써 구체적으로 취직을 생각할 시기군요."

"나루세도 금방이야. 어떻게 할 거야? 프로 사진가가 될 거야?"

"그보다도, 막연하지만 프로 사진가를 서포트해주는 일을 할 수 없을까 생각 중이에요. 그쪽이 제게 잘 맞는 것 같고."

나루세는 상을 받았지만 사진가의 길을 걷지는 않을 모양이다. 사진은 취미로 계속하고 있다며 그의 스승인 사쿠라이라는 사진가에 관해 이야기해주었다. 예전에도 들은 적 있지만 상당히 독특하고 꽤 좋은 사람인 것 같다.

"너한테는 누구나 좋은 사람인가 봐."

"그럴지도 몰라요. 아무 생각 없어서."

그렇게 말하고 웃는 그의 목에는 오늘도 카메라가 걸려 있었다.

나는 그것을 말없이 바라보았다.

망설임도 잊고……. 아니, 이미 그런 건 생각할 겨를도 없이, 나는 말했다.

"나루세, 그걸로 날 찍어봐."

그러자 그가 유난스럽게 놀랐다.

"네? 아니, 그건."

"뭐 어때?"

"……알았어요."

나루세는 편하게 친구들을 찍어주곤 했지만 나를 찍으려고는 하지 않았다. 나도 그때까지 찍어달라는 말은 하지 않았었다.

약간 긴장한 듯한 나루세가 벤치에서 일어났다. 걸음을 옮겨 구도를 잡더니 마침내 진지한 표정으로 카메라를 들이댔다.

"찍을 때는 찍는다고 말해줘."

"아, 네. 그럼……, 찍을게요."

다음 순간, 경쾌하면서도 무게감이 있는 셔터 소리가 났다.

나는 그에게 마음을 열었다. 안심이라고 부를 수 있는 장소를 앞에 두고 마음에서 우러나오는 미소를 보였다.

사진을 다 찍은 나루세가 놀라서 멍하니 있었다. 찍은 사진을 확인하더니 놀란 표정 그대로 나를 보았다.

나는 일어나서 그의 앞까지 걸어갔다. 차네, 하고 말하며 그의 손을 잡았다.

1년도 더 전에, 수족관에서 데이트할 때 그 손에 닿은 적이 있었다. 예전에는 섬세했던 그의 손이 지금은 울퉁불퉁하고 크게 느껴졌다.

"그건 그렇고, 너랑 사귀어도 좋아."

내가 차분히 뜻을 전하자 나루세의 눈이 살짝 커졌다.

"하지만, 조건이 있어."

농담을 던질 듯한 표정을 지은 내게 나루세는 미소를 보이며 물었다.

"어떤 조건인데요?"

"나를 정말로 좋아해도 좋아. 나도 널 좋아할 테니까. 이미 좋아하기 시작했으니까. 하지만 그 대신 이것만은 지켜 줘."

나는 웃음을 지으며 지금까지 겪어온 숱한 이별과 만남을 생각하고 하나의 소망을 말했다.

"무슨 일이 있어도, 나보다 오래 살아."

미소를 띠고 있던 나루세가 순간 숨을 멈춘 듯 진지한 표정이 되었다.

나는 그를 향해 말을 이어나갔다.

하지만 잘 되지 않았다. 나는 떨고 있었다. 그래도 있는 힘을 다해 입을 열었다.

"마음속에 있어 주면, 충분하다는 건……, 알아. 그래도 말이야, 당연하지만, 살아 있어 준다면 더 좋겠어. 훨씬 더 기쁠 거야. 그러니까 소원이야. 나보다 먼저 죽지 마. 앞으로 계속, 살아 있는 너를 소중히 여기고 싶어."

그것이 나의 단 한 가지 소망이고 조건이었다.

나보다 먼저 죽지 않았음 좋겠어.

내 멋대로라고 생각할지도 모른다. 보장 같은 건 그 누구도 할 수 없으니까.

하지만 맹세해주길 원했다. 자신의 목숨을 소중히 여기길 원했다.

마음 깊은 곳에서 우러나오는 웃음을 네게 보이는 사람을, 너를 사랑하는 사람을, 혼자 두지 않길 바랐다.

눈물을 참느라 내 얼굴은 심하게 일그러졌다. 그런 모습을 보이고 싶지 않아서 그의 얼굴을 똑바로 쳐다보지 못했다.

그래도 전해졌다. 그가 잡고 있는 내 손에 부드럽게 힘을 주었다.

"오늘부터 채소, 많이 먹을게요."

무심결에 얼굴을 바라보자 나루세가 진지한 표정을 짓고 있었다.

"편식하지 않고 운동도 할게요. 고기보다 생선을 많이

먹을게요. 염분도 조심할게요."

그 말과 진지한 표정의 대비가 우스워서 웃음이 터질 것 같았다.

이런 상황에서까지 나루세는 나루세다웠다. 순수하고 성실하고…….

"당신이 절대 혼자가 되지 않게 할 거예요. 무슨 일이 있어도, 절대로."

한없이 순수했다.

눈동자 안 깊은 곳에서 아픔을 느끼며 나는 그에게 웃음을 지어 보였다.

"건강검진도 받아."

농담처럼 말하자 그가 부드러운 표정으로 웃었다. "그럴게요"라고 대답했다.

그러더니 소중한 것을 다루듯, 가만히 나를 끌어안았다.

나의 첫사랑과 새로 소중한 사람을 만나기까지의 이야기가 이것으로 끝났다.

어떤 슬픔도 눈물도, 마오리와 두 사람의 도루를 만남으로써 보상받은 듯한 그런 인생이었다.

나루세의 품에 안긴 나는 사랑하는 마음이 차올라 그의

뺨에 입술을 댔다.

그러자 어느 날의 일이 떠올랐다.

고등학교 3학년이 끝난 봄, 도루의 경야가 치러지던 때의 일이다.

마오리는 자신이 분향할 차례가 오자 관에 누워 있는 도루를 아무 말 없이 바라보았다. 경야가 끝난 뒤 마오리는 몸이 안 좋아져 제대로 걷지 못했다.

도루의 누나와 아버지의 배려로 별실에서 마오리를 쉬게 했다. 나도 걱정이 되어 곁에 있었지만 마오리의 부모님에게 데리러 와달라고 연락해야 했기에 두 사람에게 맡기고 별실을 나왔다.

심각한 대화가 마오리에게 들리지 않도록 조금 떨어진 장소로 가서 마오리의 어머니에게 연락했다. 전화는 바로 연결되었고 마오리를 데리러 오시기로 했다.

그대로 별실로 돌아가려다가 도중에 어떤 생각이 머리를 스쳤다.

나는 한 번 더, 도루를 만나고 싶었다. 어쩌면 이미 다른 장소로 옮겨졌을지도 모른다. 경야를 치른 방에는 들어가지 못할지도 모른다. 그렇게 생각하면서도 불 꺼진 빈소를 찾아갔더니 문이 잠겨 있지 않았다.

도루는 아직 그곳에 있었다.

아니, 그곳에 있는 것은 도루의 몸뿐이다. 영혼은 그곳에 없다. 도루는 이미 먼 길을 떠나고 말았다. 도루였던 것은 연기처럼 사라지고 육체로 돌아오지 못한다.

그래도 나는 처음 좋아하게 된 남성에게로 걸어갔다.

도루는 관 속에서 눈을 감고 있었다. 새하얀 얼굴이 예전보다 더 하얬다. 소중해서, 만지고 싶어서, 나도 모르게 도루의 뺨에 손을 갖다 댔다.

문화 축제 날, 그 뺨에 내 입술이 부딪힌 일이 있었다. 그건 고의로 한 행동은 아니다. 우연이었다. 하지만 지금은……

마오리에게 미안한 마음이 들었지만 멈출 수 없었다.

도루의 유언은 반드시 지킬 테니까. 도루의 죽음을 마오리가 알아채지 못하게 할 테니까.

그 뒤의 일도 전부, 전부, 내가 알아서 다 할 테니까. 내가 마오리를 지킬 테니까.

그러니까……, 소원이야.

누군가에게 허락을 구하듯이 나는 도루의 뺨에 가만히 입술을 댔다.

사랑하는 사람과 이별한 날을 떠올리면서, 나는 천천히

눈을 떴다.

나루세가 부끄러운 듯 웃고 있었다.

경야가 있던 그날, 입술을 댔던 도루의 뺨은 슬플 정도로 차가웠다. 내가 너무나도 사랑하는 사람이 차가워진다. 움직이지 않고 더 이상 눈을 뜨지 않는다. 그런 일이 일어날 거라고는 상상도 하지 못했다.

그런 내가 지금, 따뜻한 감촉을 느끼고 있었다. 사랑하는 사람과 사랑한 사람의 따뜻함을 느끼고 있었다. 분명히 느껴지는 이 온기를 믿고 싶었다.

도루의 뺨에 입술을 댔을 때처럼 눈물이 한 줄기 흘러내렸다.

이 눈물 또한, 따뜻했다.

이렇게 나는 나루세와 연인이 되었고 마오리와도 계속 절친으로 지냈다.

마오리는 대학에 다니면서 도루를 필사적으로 생각해내려 애썼다.

하지만 그 때문에 자신의 인생을 소홀히 하지는 않았다. 인생을 즐기면서 가능성을 넓혀가면서, 그런 다음 자신의 선택으로서 도루를 기억해내려고 노력했다.

나는 본격적으로 취업 활동을 하면서 한편으로는 소설을 계속 썼다. 나루세의 도전은 끝났지만 나의 도전은 계속되고 있다. 언젠가 나의 소설을 가장 좋아하는 도루의 누나에게 보여주겠다고 맹세했으니까.

　나중에 알아보니 작년에 출품한 소설은 2차 심사에서 떨어졌다. 취업 활동을 하면서 응모한 작품은 다음 해에 3차 심사까지 올라갈 수 있었다.

　결과를 알았을 무렵에는 취업 활동도 끝났다. 이듬해 봄에는 대학을 졸업하고 사회로 나와 일하기 시작했다.

　이 1년도 눈 깜짝할 사이에 지나갔다. 사회인 2년 차가 된 봄에는 마오리와 꽃구경을 하러 갔다.

　사회인이 되어서도 마오리와 변함없이 만났다. 어느덧 마오리는 대학교 4학년이 되어 1년 휴학했던 나루세와 같은 학년이 되었다.

　마오리는 여전히 도루를 기억해내려 하고 있다. 일기와 내 말을 토대로, 도루와 함께 갔던 장소로 달려가고 도루와 함께한 일을 하면서 있는 힘을 다해 떠올리려고 노력했다.

　그렇게 끊임없이 자신과 마주하고 차츰 도루를 기억해냈다.

마오리의 제안으로 벚꽃을 바라보고 즐겁게 이야기를 나누면서 공원의 벚나무 가로수길을 걸었다. 마오리와 도루가 처음으로 데이트한 장소이자 고등학생 때는 셋이서 왔던 곳이기도 하다.

그러는 동안, 나는 한 가지 사실을 실감했다.

가만히 눈을 감고 도루를 그려본다. 어둠 속에서 도루가 나타나지만 그 얼굴은 조금 흐려져 있다. 도루는 슬플 만큼 과거가 되어 있었다.

잊고 싶어 했던 일. 잊지 않아도 된다고 눈물 흘렸던 일.

그런 일들을 모두 감싸 안고 시간은 여지없이 흘러갔다. 모든 것을 과거로 남겨두고.

아무도 시간을 멈추지 못하고 망각에 저항할 수도 없다.

그래도 사람은……, 무언가를 계속 이어나간다. 소중한 것은, 결코 잊지 못한다.

도루의 이야기를 하다가 마오리가 도루에 대한 기억을 새로 떠올렸다.

그리고 손에 든 크로키북에 그 모습을 그렸다.

"내가 좋아했던 그 애는 이제…… 없어. 하지만 기억은 내 안에 존재해. 몸속에, 마음속에 잠들어 있어. 기억해내면 앞으로도 함께 살아갈 수 있어. 그건 잘 말할 수 없지만 희망 같은 거란 생각이 들어. 세상은 서서히 그 애를, 도루를, 잊어갈 거야. 그래도……."

마오리는 자신과 마주하고 사진에도 동영상에도 남아 있지 않은 도루의 모습을 그려냈다.

나는 마오리의 모습에 가슴이 뭉클했다. 마오리는 마음으로 도루를 그리고, 그것을 그림으로 남겼다. 그건 나는 할 수 없는 일이었다.

그 대신 도루를 남기는 나만의 방법이 있었다.

꽃구경을 한 후, 나는 집으로 돌아가 처음부터 다시 소설을 쓰기 시작했다. 2월에 투고는 끝났지만 새롭게 쓰고 싶어 참을 수가 없었다. 그래야 할 것만 같았다.

내 문체로 도루를 그린다. 그것은 나밖에 할 수 없는 일이니까.

다음 해, 나는 그 소설로 공모전에 다섯 번째 투고했고 마침내 상을 받게 되었다. 심사위원인 도루의 누나에게 내가 쓴 소설을 보이겠다는 목표가 5년이 지나 이루어졌다.

나루세는 카메라 제조 회사의 사원이 되었고 내가 수상 소식을 알리자 기뻐해주었다.

나와 그는 지금도 함께 있다. 그가 찍은 사진 〈마지막 결빙〉도 내 스마트폰 안에 있다.

나루세는 취미로 사진을 계속했고, 그의 선배이자 친구인 사진가 사쿠라이 씨도 소개받았다. 두 사람은 아이들처럼 사이가 좋았다. 지금도 자주 만난다.

상을 받은 사실을 마오리에게도 전할까 망설였지만 책으로 나올 때까지 말하지 않기로 했다.

내가 소설가가 되었다는 걸 알면 마오리는 어떤 얼굴을 할까. 기뻐해줄까.

그해 여름에 시상식을 마치고 수상한 소설을 단행본으로 출간하기 위한 작업을 시작했다.

담당 편집자의 의견을 듣고 심사위원인 도루 누나에게도 조언을 얻어 가필과 수정을 거쳤다. 일과 병행하며 쓰느라 힘들긴 했지만 그 작업은 즐거웠다.

그리고 가을 하늘이 드넓게 펼쳐진 매우 화창한 오늘, 마침내 모든 작업이 완료되었다. 남은 것은 담당 편집자에게 데이터를 보내 마지막으로 내용을 확인받는 일뿐이다. 데이터를 저장한 후, 나는 소설의 첫 부분으로 돌아갔다. 말없이 화면을 응시한다.

아직 한 가지, 해야 할 일이 남아 있었다.

담당 편집자에게는 상의하지 않았지만, 첫 페이지에 여

백을 만들었다.

그 페이지 한가운데에 문장을 입력해 넣었다.

이 소설을 지금은 세상에 없는 가미야 도루에게 바칩니다.

깜빡이는 커서를 바라본다. 여기까지는 허용될지 몰라도 지금부터 쓰는 문장은 삭제하라고 하겠지. 그래도 상관없다. 내게 이 소설의 완성형은 이것이니까.

그런 마음을 담아 문장을 이어갔다.

나는 내 방식으로 앞으로도 도루를 기억할 것이다. 과거에도 망각에도 넘겨주지 않겠다. 넘겨줄 리가 없지. 단 한 번의 첫사랑이다. 단 한 번의 실연이다.

나의 상처다. 아픔이다. 눈물이다. 전부 나의 보물이다. 반짝반짝 빛나는 아름다운 것이다.

무심코 도루의 모습을 떠올리자 조금씩 눈동자가 아파져 왔다. 도루가 떠난 뒤 대체 얼마나 세월이 흐른 걸까. 사람의 목숨은 허무한 것일지도 모른다. 켜지면 반드시 꺼지는 불이며, 그러한 운명에서 그 누구도 벗어날 수 없다.

하지만 그 과정에서 사람은 따뜻한 것을 남긴다.

목숨의 불이 꺼져가는 과정을 함께 겪은 나는 지금도,

이렇게나 따뜻하다.

도루는 이제 이 세상에 없지만, 내 안에는 확실하게 존재하고 있다.

그런 도루에게 나는 하고 싶은 말이 있다.

눈에 보이는 세계에 도루는 없지만, 내 안에 있는 도루를 향해 나는 말하고 싶다.

너는 아름답게 살았다고.

너는 다정하고 따뜻하게, 누구보다도 아름답게 살았다고, 너에게 그렇게 전하고 싶다.

마지막 글자를 새겨넣었다.

완성된 문장을 보고 너무나 어설퍼서 웃고 말았다.

하지만 드디어 눈에 보이는 형태로 완성했다. 나는 도루를⋯⋯.

이 소설을 지금은 세상에 없는 가미야 도루에게 바칩니다.
우정과 경애와 존경 그리고 각별한 사랑을 담아서.

  예전에 제 안에 있다가 지금은 사라진 것들을, 이따금 생각합니다.

  그것은 무언가에 대한 열정이기도 하고 습관이기도 하며 누군가를 향한 감정이기도 합니다. 자연스레 사라져가는 거라면, 지금의 자신에게 필요 없는 것이었을지 모른다고 깔끔하게 결론지을 수도 있겠지요. 하지만 저절로 사라져가는 것만 있는 건 아닙니다. 환경의 변화나 대상의 상실로 원치 않음에도 잃을 수밖에 없는 것도 있습니다. 그것은 한결같은 열정일 수도 있고, 애착을 가진 습관이나 누군가를 그리는 마음일 수도 있습니다. 소중히 간직하고 싶었던 것을 포기해야만 하는 상황이 닥쳤을 때, 우리는 어떻게 해야 할까요.

이 책에는 사랑하는 사람을 잃은 소녀가 등장합니다. 자신보다 더 소중했던 존재를 잃었지만 그녀가 자신 안에 있는 아름다운 감정을 깨닫게 되는 이야기이기도 합니다.

살아 있는 한, 아무리 평온한 날들이라 해도 상처 없이 지날 수는 없습니다.

설령 소중한 무언가를 잃었다 해도 그것을 좋아하고 소중히 여겼던 마음까지 잃을 필요는 없지 않을까요. 사라져 버렸거나 잃었다고 생각하더라도 다른 형태로 계속 남는 것도 있으니까요.

더불어 감사의 말씀을 드리고자 합니다.

이 소설은《오늘 밤, 세계에서 이 사랑이 사라진다 해도》의 스핀오프로 집필한 작품이지만 원작을 쓸 때부터 형태가 있는 이야기로 만들어내고 싶었던 내용이기도 합니다. 많은 분들 덕분에 세상에 나올 수 있게 되어 너무나도 기쁠 따름입니다.

담당 편집자분과의 인연도 조금 더 길어졌습니다. 앞으로도 잘 부탁드립니다.

원작을 영화화하는 데 도움을 주신 모든 분들.

여러분이 힘써주셔서《오늘 밤, 세계에서 이 사랑이 사

라진다 해도》가 영화로 탄생할 수 있었고, 그 덕분에 와타야 이즈미의 이야기도 출간될 수 있었습니다. 영화화된 영광과 더불어 깊은 감사의 마음을 전하고 싶습니다.

표지를 담당해주신 고이치 님, 이번 작품 멋지게 만들어주셔서 정말 고맙습니다. 이번에는 직접 만나 뵙기가 어렵게 되어 이 자리를 빌려 감사의 말씀을 전합니다.

고이치 님의 작품과 처음 만난 것은 제26회 전격소설대상 시상식 당일, 식이 시작되기 약 한 시간 전이었습니다. 수상작의 표지를 어떻게 하는 것이 좋을지 담당 편집자분과 상의하던 중, 고이치 님의 작품을 소개받아 "꼭 이분이 해주시면 좋겠습니다"라고 말씀드렸던 일을 지금도 생생하게 기억하고 있습니다.

그 이후로 제가 쓴 책은 항상 고이치 님의 사진과 함께했습니다.

두 번째 작품의 표지도 맡아주셨는데, 감사하게도 첫 번째 책과 두 번째 책이 모두 번역되어 해외에서도 표지 사진으로 이야기의 세계관을 표현했습니다. 소중한 순간과 감정을 남겼습니다. 다른 사람들에게 웃음을 선사했습니다.

또한 만남을 통해 사진이 지닌 다양한 힘을 다시금 실

감하고, 그것에 감명을 받아 이번 소설에 하나의 소재로 담을 수 있었지요.

언젠가 직접 감사의 말씀을 드리고 싶습니다. 만나 뵐 날을 진심으로 고대하겠습니다.

마지막으로 이 책을 읽어주신 여러분께.

늘 비슷한 표현으로 말씀드리지만, 문장은 같아도 감사의 마음은 언제나 새롭습니다.

이 책을 읽어주셔서 진심으로 감사드립니다. 한 분 한 분께 직접 인사를 드릴 수 없어서 이번에도 대신 이 자리를 빌려 머리 숙여 마음을 전합니다.

또 언젠가 어디에선가 만나요.

이치조 미사키

오늘 밤,
세계에서

이 눈물이
사라진다 해도

초판 1쇄 발행 2022년 7월 28일
초판 70쇄 발행 2025년 1월 8일

지은이 이치조 미사키
옮긴이 김윤경

책임편집 안희주
디자인 어나더페이퍼
책임마케팅 최혜령, 박지수, 도우리
마케팅 콘텐츠 IP 사업본부
경영지원 백선희, 권영환, 이기경
제작 제이오

펴낸이 서현동
펴낸곳 ㈜오팬하우스
출판등록 2024년 5월 16일 제2024-000141호
주소 서울특별시 강남구 테헤란로 419, 11층 (삼성동, 강남파이낸스플라자)
이메일 info@ofh.co.kr

ⓒ 이치조 미사키

ISBN 979-11-91043-97-6 (03830)

모모는 ㈜오팬하우스의 출판브랜드입니다.